JN008923
恋心に苦しむ王妃は、
異国の薬師王太子に求愛される
夕立悠理
illust. 氷堂れん

「……飲めば『楽』になれますよ」
アキル（アキル・ルクトバージ）
巷で評判の薬師
その正体は大国ルクトバージの王太子

「！」
リュゼリア・メグルス
メグルス国の王妃
ロイグ公爵家の長女

「……わぁ!! 虹ですね!!」

恋心に苦しむ王妃は、異国の薬師王太子に求愛される

夕立悠理

illust.氷堂れん

Contents

第一章

――夫に愛されたいと、願うことは罪なのかしら。

「王妃様ぁ！」

王城の中庭を歩いていると、鈴を転がしたような可憐な声が、私を呼んだ。

「……なにかしら、ダルゼン嬢」

愛らしい金色の髪を揺らしながら駆け寄ってきたのは、アイリ・ダルゼン男爵令嬢だった。

アイリは私の顔を見て、むうと唇を尖《とが》らせた。

「ダルゼン嬢、だなんて冷たいです！　わたしのことは、アイリって呼んでくださいっていつも言ってるじゃないですか。王妃様はエドの奥様なんだから」

……エド。

親し気に呼ばれたその名に、眉を寄せる。

「では、アイリ嬢」

「なんですか王妃様？」

名前を呼ばれたことで機嫌を良くしたのか、ぱぁ、と花が咲いたかのように顔を輝かせたアイリ。その姿は女の私からみても、愛らしい、とさえ思う。

「陛下の愛称を軽々しくお呼びになるものではありません」

「……でも、エドはエドです！　わたしたちは、幼馴染なんですから」

――そう、アイリと私の夫であるエドワード陛下は、幼馴染だった。当時王位継承権の低かったエドワード陛下は、辺境の男爵領に追いやられたのだ。

「もしかして、王妃様ったら……わたしに妬《や》かれているんですか？」

「――！」

妬いている。妬かないはずがないわ。陛下は私の夫なのに、アイリに夢中だ。

そもそも男爵家の娘でありながら、アイリがこの王城で暮らしているのもエドワード陛下たっての希望だった。

だから、アイリはここにいる。

「だったら、わたしに妬く必要なんてないんですよ！　わたしとエドはただの幼馴染ですから」

ただの幼馴染。

だったらどうして、エドワード陛下は、あなたの部屋に足しげく通うの？

私の部屋には訪れるどころか、顔を合わせるのも公務のときだけなのに。

そんな恋に浮かされた嫉妬の言葉が口から出そうになり、思わず口元を手で覆《おお》う。

「……王妃様？」

「いえ、なんでもないわ」

息を吐きだし、アイリを見つめた。

「アイリ嬢、とにかく陛下の愛称を人前で連呼するのはよくないわ。陛下はあなたの幼馴染かもしれないけれど……立場があるのだから」

男爵令嬢と一国の王。その差は歴然だ。

「ひどい！　王妃様は、わたしがエドの幼馴染として釣り合ってないっていいたいんですか⁉」

その通りよ。

でも、涙を浮かべて叫ぶアイリを見ると、まるでこちらが悪いような気さえしてくる。

「どうしたんだ、アイリ。そんなに声を荒らげて」

涼やかな、声だった。聞き間違えるはずのないその声に、はっとする。

「エド！　王妃様が……」

「――また君か」

エドワード陛下にかけよるアイリは、本当にしおらしく、私でも庇護欲をそそられる。

アイリの肩を抱き、鋭い視線で私を見つめるエドワード陛下からは、愛情のひとかけらさえ感じられない。

「……ごきげんよう、陛下」

「リュゼリア。……アイリを虐《しいた》げて何になる」

久々に呼ばれた名前にときめく自分が恨《うら》めしい。

「虐げたことなど一度もございませんわ」

ただ、事実を言ったのみだ。

「アイリは、私の希望でこの王城にいる。その意味をわからない君ではないと思うが」

「そうですね……そんなにお好きなら正式に愛妾にでも迎えるのはいかがでしょう？」

口から出た言葉は、ずっと思っていた言葉。でも、言わないようにしていた言葉でもあった。

しまった、と思ったけれどもう遅い。

「リュゼリア、君はなんてことを！」

「ひどいです、王妃様！　わたしに妾《めかけ》になれっていうんですか！」

「そうですね、間違えました。アイリ嬢を新たに王妃に据えられてはいかがでしょう」

私の言葉に、エドワード陛下は眉を顰《ひそ》めた。

「王妃は二人もいらない」

「ええ、ですからその場合、私はお暇《いとま》をいただきたく」

エドワード陛下の傍を離れるなんて考えてもみなかったけれど、案外、いい案かもしれなかった。王妃としての私は生き続けても、このままでは女の私が死んでしまう。

「リュゼリア、私は――離婚する気はないからな」

その言葉はまるで、私を繋ぎ留めたいように見えるけれど、その理由は恋情ではない。

エドワード陛下は私の実家――ロイグ公爵家の後ろ盾が欲しいからだ。

それでも、このまま飼殺されるのは耐えられない。

「……そうですか。少々気分がすぐれないので、失礼いたします」

「……はぁ」

自室に戻り、息を吐く。

「リュゼリア様、大丈夫ですか？」

侍女のマーサが、心配そうに私を見つめた。

「ええ、ありがとう」

マーサは、私が幼い頃から仕えてくれている侍女で、二人きりのときはこうして私を王妃ではなく、名前で呼んでくれる。

「王妃殿下、お疲れのところ、申し訳ありません。来客があるのですが、お通ししてもよろしいですか？」

マーサに紅茶を入れてもらっていると、別の侍女が入って来た。

「来客？」

「はい、最近話題の薬師です」

「……ああ。異国の薬師ね」

なんでも噂によると、異国からやって来た彼が煎《せん》じた薬を飲むと、疲れが一気に吹き飛ぶらしい。

最近、ひどい頭痛がする私のために、マーサが手配してくれたのだ。

「通して頂戴」

入ってきた薬師は、たしかに異国の人だった。

燃え盛る炎のような赤い髪に、澄み切った青い瞳。

赤い髪、というのはこの国では存在しない。

薬師は、薬の処方前のカウンセリングといって、私にいくつか質問をしてきた。

頭痛がするようになったのは、いつか。

頭痛の原因に心当たりはあるか。

最近の悩みは……。

最後のあたりはまるで関係がないようだけど、なぜだか、この薬師には少しだけ、話してしまった。陛下とアイリのことを。

薬師は私から話を聞くと、難しい顔をして、鞄《かばん》から小さなガラス瓶を取り出した。

そして、恭《うやうや》しく礼をすると、私にそのガラス瓶を差し出した。

「これは王妃殿下が今、最も欲している薬です」

薬師は、とても異国の人とは思えないきれいな発音で、私を見つめる。

「頭痛を減らしてくれる薬でしょう？　ありがとう」

なぜ、そんな回りくどい言い方をするのか、気になりつつもお礼を言う。

薬師は、いいえと首を振った。

「頭痛薬よりももっと王妃様にとって必要な薬です」

低すぎない穏やかな声は、柔らかく、確かに私の耳に届いた。

「……そう」

私が必要とする薬。けれど、それがなにかは明確には口にしない。いかにも胡散臭いけれど。

「……飲めば『楽』になれますよ」

「！」

マーサたちには聞こえない声で、薬師が囁《ささや》いた。

つまり、これは毒？

「……ふふ、誰に使うかは王妃様次第です」

最後にそう言い残して、薬師は帰って行った。


ガラスの小瓶に入った液体は、黄金色をしている。

薬師が帰った後、人払いを済ませ、ひとりその小瓶を見つめていた。

「楽になれる、か……」

確かに死ねば楽になる。愛されない王妃を続けなくてもいいものね。

ずっと愛が返ってこないひとを愛し続けるのはとても疲れるし。

私、ことリュゼリアは、公爵の娘として生を受けた。私は元々、第二王子のダルク殿下と婚約する予定だった。第一王子殿下はすでに病で亡くなっており、ダルク殿下は実質的な王太子だったのだ。

けれど、私はダルク殿下と婚約を結ぶことはなかった。

ダルク殿下も、第一王子殿下と同じ病に倒れたから。

そして、王位継承権の低かったエドワード殿下が王太子となり、彼は王となった。

エドワード陛下は、辺境の暮らしが良かったのか、同じ病にかかることはなく、現在に至る。

「一目惚れって、厄介よね……」

そう、私は王太子として婚約することになったエドワード殿下に、顔合わせのときに一目惚れをしたのだ！

黒い髪に翡翠《ひすい》の瞳をした、エドワード殿下。

理知的な瞳をしたエドワード殿下は私の手を握った。

「リュゼリア嬢、兄上の代わりにはなれないけれど。私は私として、精一杯あなたの婚約者として務めるよ」

幼いながらも私が本当は不安がっていることを、一瞬で見抜き、そう言ってくれたエドワード殿下に私は一目惚れをした。

私たちは、お互いを尊重する国王夫妻になれる。そう、思っていたのに。

エドワード陛下は、即位後すぐに幼馴染だというアイリを城に招いた。

アイリの部屋に足繁く通う彼は、決して私の部屋には訪れない。

「なんだか、全部馬鹿馬鹿しくなってきた……」

白い結婚を続けて、二年になる。

このまま、私は王妃としての真の役割も果たせずに、暮らし続けるくらいなら。

ずっと、愛を返してくれないエドワード陛下に焦がれ続けるくらいなら。

アイリに嫉妬し続けるくらいなら。

――もう、全部終わりにしよう。

私は、小瓶の蓋を開け、一気に中身を飲み干した。

体が、軽くなったような気がして、その後に強烈な眠気を覚えた。

あぁ、苦しまずにすむのね。

最後に、幼いエドワード陛下の顔を思い浮かべながら、目を閉じた。


「リュゼリア」

幼い、声がする。

「どうしたの？　ぼーっとして」

ぼんやりと、目を開けると、そこには幼いエドワード陛下がいた。

まだ王太子だった頃のエドワード陛下に、いえ、と首を振る。

……ここは、死後の世界かしら。

あら、だったら、エドワード陛下がいらっしゃるのはおかしいわね。だって私はあの薬を自分で飲んで、エドワード陛下に盛っていない。だから、エドワード陛下が死んでいるはずはないのだ。

　では、私の願望かしら。

あの頃に戻りたいっていう、死の間際の私の願いが見せた幻想。

それなら、良かった。

最後に見るのが、幼いあなたの夢なら怖くない。

「リュゼリア？」

考えて黙り込んだ私を心配そうにエドワード殿下が見つめる。

「大丈夫です、エドワード殿下」

「そう？　困り事ならいつでも言ってね。なんたって、私たちは……」

――私たちは、夫婦になるのだからね。

それは、幼い頃のエドワード陛下の口癖だった。いつもいつも、私たちは夫婦になるのだから、そう言って穏やかに微笑んで、私が悩み事を話す気になるまで待っていて、くれた。

エドワード陛下は、いつもいつでも私を尊重してくれたのに。

いつからだったかしら。

まず、笑顔を見せてくれなくなった。その次に、会話が減った。そして最後は目が合うことも少なくなって。

そして、即位後、エドワード陛下は、アイリを王城に賓客として迎えた。

婚姻して一度も夜を共に過ごさないまま、二年が過ぎて。それでも、アイリの部屋には足繁く通われて。

心がちぎれそうな日々だった。

でも、もうそんな日々はおしまいだから。

「私たちは、夫婦になるはずだったのに……」

幼いエドワード殿下のいつもと違う言葉に首を傾げる。私の夢なのに、変なの。

私たちは夫婦にはなった。形だけのものだけど。

エドワード殿下が私を見つめる。

悲しそうな顔をしていた。

「『私』は、もう要らないね」

「要らない？」

「うん。私は、『さき』のリュゼリアには必要ないみたいだ。それも自業自得なんだけど」

……さきってなに？

そう尋ねようとしたけれど、叶わなかった。

急に、意識が遠ざかる。

私、ついに死ぬのかしら——。

「さよなら、リュゼリア」

そうとても悲痛に満ちた表情で言った言葉が聞こえたのを最後に、何も見えなくなった。

「……リア」

誰かの、声が聞こえる。

「……ゼリア様！　リュゼリア様！」

「！」

は、と目を開く。

「あぁ、良かった！　リュゼリア様!!」

涙を流しているマーサの顔が目の前にあった。

「……マーサ？」

「はい、マーサでございます！　リュゼリア様!!」

「どうしたの、そんなに泣き腫らして……？」

まだ泣いているマーサの涙をそっと、指で拭う。

マーサは長い間私に仕えてくれているけれど泣いた姿は見たことがなかった。

「朝、リュゼリア様がなかなかお目覚めにならず……！　もしや、何かあったのかと」

「そう、だったの」

それだけぐっすり寝入るなんて、かなり珍しいものね。マーサが心配になるのも無理はない。

なんだか長い夢を見ていた気がするけれど。

どんな夢だったかは忘れてしまったわ。

そう思っていると、小指に何か冷たいものがふれた。

何かしら？

その感触を辿《たど》り、手で掴んで目の前に持ってくると、空のガラスの小瓶だった。

「！！！！」

そうだわ、思い出した。私あの薬師がくれた「私が一番必要としている薬」を飲んで……。その後、眠気に襲われたのだ。

「あぁ、リュゼリア様、お薬を飲まれたんですね！　眠り薬だったのでしょう。リュゼリア様が最近眠られないことも相談したので……」

……本当に？

マーサの言葉に内心で首を傾げる。

私は毒だと思っていたけれど、ただの眠り薬なら薬師は、あんな含みのある言い方をするかしら。

そういえば、体が軽い。

それに、いつものように頭痛もしないわ。

まるで、生まれ変わったかのように、世界がクリアに見える。

朝日の眩《まぶ》しさだとか、小鳥の囀《さえず》りだとか。今まで気にする余裕もなかったものたちに気づくようになったのだ。

それに、それに……。

私は、自分自身に訪れた一番大きな変化にはっとした。

「マーサ、あのね」

「はい、なんでしょう」

満面の笑みを浮かべた。

「昨日までの私は、死んだわ」

「どういうことですか……？」

マーサが不安そうな瞳で私を見つめる。

私の中に、ずっとあった熱が、消えた。

熱が——私の中の恋心がまだあった頃の記憶はある。

でも、それはただの思い出となっていて、実感はないのだ。

「今日から生まれ変わったの。叶わない人を追いかけるのは、もうやめるわ」

マーサにはこれで十分伝わるはずだ。

マーサは目を見開き、口をあんぐりと開けた。

「リュゼリア様、本当に……？」

「ええ、本当」

大きく頷《うなず》いて見せる。

アイリのことで悩んで頭痛がすることもないし、たっぷり眠ったから、思考が鈍ることもない。

とっても自由な——エドワード陛下に出会う前の私に戻れた。

「……」

「どうしたのマーサ？」

マーサは一度目を伏せたあと、私の手を握った。

「リュゼリア様、わたしは今まで何もできませんでした。傷つけられるあなた様を見つめることしかできなかった」

マーサが言っているのは、白い結婚、そしてアイリのことだろう。

「でも……」

それは仕方のないことだわ。それに、マーサはいつも私のそばにいてくれた。そのことにどれだけ救われたかわからない。

続けようとした言葉は、マーサによって遮《さえぎ》られる。

「いいえ。そうした私の態度も昨日までのリュゼリア様を殺したのだとしたら……」

「！」

はっとする。

今日の私は開放感でいっぱいだけれど。

元々、あの薬は毒薬だと思って飲んだのだ。実際には違ったみたいだけど、昨夜の私は確かに死を選んだのだ。

――そのことによって、傷つく人がいることも忘れて。

もちろん、マーサは毒薬だと思って飲んだことは知らないのだろうけれど。

「いいえ、違うのよマーサ。悪いのは、あなたじゃないわ」

私の浅はかさは、私自身が知っていればいいから、マーサには言わない。

「私を愛してくれないのも、愛人めいた人をそばに置き続けるのもあなたじゃないわ。……あなたがいてくれて本当に感謝してるの」

「リュゼリア様……」

マーサが握ってくれた手を握り返す。

「それに、今の私はとっても自由になれたのよ。だから、そんなに悲しそうな顔をしないで」

それでもなお納得していなさそうなマーサに、付け加える。

「それなら、今日からまた前よりもさらに私を助けて欲しいわ」

「……わかりました。ありがとうございます」

ようやく、マーサに笑顔が戻ったことにほっとする。

マーサに手伝ってもらって、朝の支度を整える間、考えていた。

実際、昨日までの私は死んだ。愛されない、夫に嫌われ続ける王妃はもう、死んだのだ。

だから今日からの私を、私自身が一番愛しましょう。

だって、返ってこない愛を期待するより、ずっといい。

——そう、溺愛してくれる人を探すのではなく、自分が自分を溺愛するのよ。

そう決めた途端に、さっきよりもより、心が軽くなるのを感じた。

私は、私。

そのことを忘れずに、今日から生きていこう。

朝の支度を整えた後、食事の間に行く。

食事の間は、私たち——国王夫妻のために設けられた場所。

……といっても、エドワード陛下を見たことは数えるほどしかないけれど。

思った通り、今日もエドワード陛下は来なかった。でも、そのことに心を痛める私は昨日までの私。今日からの私は違うわ！

「ねぇ、聞きたいことがあるのだけれど」

給仕に話しかけると、給仕は困った顔をした。

「王妃殿下、陛下なら――」

「いいえ、尋ねたいのは陛下のことじゃないの」

「え？」

ふふ、驚いてる。

この給仕のこんなに間の抜けた顔を見たのは、初めてかもしれないわ。

……まぁ、いつもいつも私は陛下が来ないことについて尋ねていたものね。

「おかわりをしても、いいのかしら？」

「⁉　おかわり、ですか？」

「ええ」

王城の食事はとても美味しい。それこそ、いくらでも食べられそうなほど。

でも、いつ来るかもわからないエドワード陛下に気を遣って、おかわりなんて、できなかった。

私はもともと食べることが大好きだ。

でも、エドワード陛下がまだ王太子だった頃に婚約者として王城に来た時から、残してばかりだったのよね。

エドワード殿下が、おかわりを要求する卑《いや》しい婚約者を迎えただなんて、悪評が立たないように。

でも、そんな生活はもうおしまい！

私は、私らしく、生きていくとしましょう。

「ですが、まだ量がのこ……」

給仕は、私のお皿を見て、目を丸くした。

……ふふ。いつも残していた私が完食していることに、かなり驚いているわね。

「――かしこまりました。すぐに持って参ります！」

そうして、すぐに出来立てのおかわりを持ってきてくれた。

とろとろのオムレツを口に運ぶ。

「ありがとう、とっても美味しいわ」

「それは良かったです」

他にも、スープやパン、サラダなど……いつも食べたくても食べられなかった量を思う存分食べた。

「ありがとう、今日の食事もとっても美味しかったわ。――料理長にも、いつも本当に美味しい料理をありがとうと、伝えて」

「かしこまりました、必ず伝えます。ありがとうございます！」

さて、とっても美味しい朝食の後は、いつも通り公務をした。

公務といっても、子を産むという最大の公務が出来ていない私に与えられる仕事はそんなに多くはない。

その他の公務よりも、まずは子供を産んでください、という言葉をかなりオブラートに包んで実際に言われたこともある。

昨日までは、少ない書類の量にまで心を痛めていたけれど。

今日からはそんな必要もないわ！

そもそも一人で子は出来ない。

子を作ることを放棄しているのは、エドワード陛下も一緒なのだし。一緒どころか、私を避けているエドワード陛下の方が悪いと思う。

それに、仕事が少ないのはいいことだわ！　休憩時間がたっぷりとれて幸せ!!

うん、それくらいの気持ちでいこう。

本来、私は明るい性格なのに、嫉妬や恋慕のせいでじめじめした性格になってたのよね。

でも、恋心が消えてとってもスッキリしたわ。

それにしても、本当に長い休憩時間なのよね。何をしようかしら。

「そうだわ！」

私は思いついたことを試すために、早速マーサにお願いをした。

「私の髪を切ってくれない？」

鏡に映るマーサは困惑していた。

「リュゼリア様、本当によろしいのですか？」

「いいのよ、ばっさりやっちゃって！」

――女性の髪の長さ、それは貴族のステータスを示すもので必ず長い髪でなければ……という時代はこの国では過ぎた。髪が短い人もいれば、長い人もいる。

それでも、私が今日までこの長い髪を維持し続けていたのは、エドワード陛下のためだ。長い髪というのは、それだけ維持が大変で、だからこそ昔は一種のステータスだった。

時代は変わったとはいえ、まだ長い髪に対する特権階級の印象が消えたわけじゃない。

そのためエドワード陛下が見くびられないように長く伸ばしていたし、幼い頃、彼にも言われたのだ。

「リュゼリア、君の長い銀髪はまるで冬の月の光を集めたようで、とっても綺麗だ」

そして、エドワード陛下により綺麗だと思ってもらえるように、腰まで伸ばした髪のケアを念入りにしていた。

でも、そんな髪ともおさらばね！

「……本当によろしいのですね？」

再度確認したマーサに大きく頷く。

「ええもちろん！　お願いするわ」

髪を梳《と》かし、マーサが丁寧に切っていくのを興味深く眺める。

こうしてみると、私って本当に髪が長かったのね。

「この長さでいかがでしょうか？」

「うーん、そうねぇ……」

マーサはまず、胸の高さまで切り揃えて私を鏡越しに見つめた。

「もっとよ！」

「もっとですか⁉」

「ええ！」

せっかく切るんだし、もっと短くしたいわ！

「かしこまりました」

ハサミを置き、再度マーサが私を見つめる。

「これでいかがでしょうか？」

「そうね、丁度いいわ。ありがとう、マーサ」

胸と肩の間くらいの長さで揃えてもらった。

これくらいの長さなら、様々なアレンジを楽しむことができそうだし、それに……。

「かつらも被りやすそうね」

「かつらにございますか⁉」

あら、やだ。口が滑《すべ》っちゃったわ。

仕方ないので、マーサに白状する。

「ええ。髪をまとめてネットに入れて、かつらを被《かぶ》ったら、城下にも行きやすいかなと思ったのよ」

その他にも、心が軽くなったし、体も軽くしたかった。というのもある。

「城下、ですか……？」

「ほら、結婚してから公務以外でこの城の外に出たことがないじゃない？　だから、出てみたいと思ったのよ」

「たしかにそうですね」

マーサが頷いたのを確認して、過去を思い返す。

私はずっと狭い世界で生きてきた。エドワード殿下と婚約してからは、将来の王妃として、ずっとこの王城で暮らしていた。

でも、私と同学年の貴族はその間に、学園に通ったり留学したりと、自分自身を磨いていた。

もちろん、私自身も崩御された前国王夫妻からたくさんのことを学ばせていただいた。

でも、なんというか。

「受け身だったのよね」

「受け身、にございますか？」

「ええ。先王陛下方から学ぶとき、私は常に嫌われないようにすることばかり考えていたわ」

だって、相手は国王夫妻で、そして何より恋した人のご両親だったから。

もちろん、無礼にならないことは重要だ。敬意を持つこともそう。

それでも、常に顔色を窺《うかが》い、言われたことを言われるがままにするのは、なんだかとっても勿《もっ》体《たい》無いし窮屈なことをしてきた気がする。

「ねぇ、マーサ。私ね、色々と試してみたいの。それで、たくさん迷惑をかけることもあるかもしれないけれど……、どうか私についてきてくれる？」

「もちろんです」

間をおかずに力強く頷いてくれたマーサを鏡越しに見て、嬉しくなる。

「マーサ、いつもありがとう。大好きよ」

大好き、なんて子供のような言葉だ。でも、今は人前に出ているわけじゃないから、王妃の冠は外している。

なら、少しくらいただのリュゼリアでも良いわよね。

「ふふ、わたしもとっても大好きですよ。敬愛するリュゼリア様」

「……ええ。ありがとう」

「お、おおお王妃殿下そのお髪《ぐし》は⁉」

マーサと一緒に切った髪を片付けて、他の侍女を呼び出すと、とても驚いた顔をされた。

ふふ、あなたそんな顔もするのね。

悪戯《いたずら》に成功した子供のような、楽しい気持ちになりつつ、平然と答える。

「切ったのよ」

腰まであった髪は、今や胸と肩の間だ。実を言うと、もっと短くしたい気持ちもあったけれど――。この反応を見るに、ここまでで正解だったみたいね。

もっと短かったら、卒倒しそうだもの。

「お切りになられたのですね！　大変お似合いです」

「ありがとう、無理しなくて良いのよ」

鏡に映る私を見る。私自身はこのくらいの長さもなかなかに似合っていると思ったけれど。

すごく、悩ましげな顔をされたら、自己評価が高過ぎたかと心配になってきた。

「いえ、本当にお似合いなのですが……王妃殿下のお髪は長さがあるのにさらさらで私どもの憧れでしたので」

そういえば、私付きの侍女は髪が長い子ばかりだ。もしかして……。

「みんな私に影響されて伸ばしていたの？」

「はい。王妃殿下のお髪を更に輝かせる手入れ方法なども皆で熱く語り合うこともありました」

「なんだか、それは……気恥ずかしいわ」

頬が熱くなる。

そんなふうに私の髪を思ってくれているなんて、全く気づかなかった。

でも、このことも私が毒薬を飲んで本当に死んでいたら、知らないままだったのよね。

そう思うと、なんだかとても不思議な気持ちだった。

「……王妃殿下、何かございましたか？」

「え？」

「いつもの王妃殿下は冬の月の女神のような神々しさですが、今日は――まるで陽だまりのような暖かさを感じます」

ちょっとまって⁉

女神？　神々しい？

私、あなたたちにそんな風に思われていたの⁉

内心でかなり驚きつつ、かろうじて顔に出さずに微笑んだ。

「ええ。私、生まれ変わったの」

「……え？」

「私の中から、恋心が消えたのよ」

侍女は髪を切った私を見た時以上に、驚いた顔をしていた。

そんなに驚かれるってことは、それだけ私がエドワード陛下に執着していたってことよね。

反省しつつ、侍女を見つめる。

「それでね、あなたに頼みたいことがあるのだけれど……」

先ほどの侍女――メイカに用意してもらったお忍びの服に着替え、鏡の前でくるりと回る。

ドレスのようにごてごてしていないワンピースは、機能性はもちろんのこと、見た目もシンプルで可愛い。

メイカは、休日によく城下町に遊びに行っていると聞いたので頼んだのだけれど、正解だった。

マーサも私のものに似たワンピースを着ている。こうしてみると、マーサと私はまるで姉妹みたいだわ。

心の中で呟《つぶや》いた言葉に、なんだかくすぐったくなった。

「ありがとう！　メイカ」

「いいえ、お役に立てたなら、何よりです！」

得意げなその顔もとっても可愛らしい。

「それで王妃殿下、肝心のかつらはどんなものにしますか？」

「そうね……」

かつら、といってもその種類は様々。色や形など、こだわり出したらきりがないほどだ。

「これにするわ」

メイカがたくさん用意してくれたもののなかから、一つを選び指をさす。

選んだのは、茶髪のかつらで、髪の長さは肩ほど。

どうせなら、今までの私とは似つかない色がいいなと思ってこれにした。

「かしこまりました」

早速、メイカが私にかつらをつけて、お化粧を整えてくれた。

「大変お似合いですよ」

「ありがとう」

鏡に映る私を王妃だと思う人はいないんじゃないかしら。

これなら、城下町におりても全く問題なさそう！

マーサも護衛として——マーサは腕も立つのだ——私についてきてくれる。

エドワード陛下には、でかけると侍女を通じて伝えて、了承はとってある。

「では、行ってくるわね」

「はい、いってらっしゃいませ」

◇◇◇

城下町は、とても賑《にぎわ》わっていた。

「わぁ……」

公務で訪れるときは、みんな畏《かしこま》っているから、こんな風に活気あふれる光景を見るのは初めてだ。

「リュゼリア様、まずはどちらを見ますか？」

「そうね……」

立ち並ぶレストランからは美味しそうな匂いがする。

でも、やっぱりまずは。

「露店巡り、かしら」

「かしこまりました。行きましょう！」

マーサと一緒に露店が多い通りまで足を運ぶ。

そこで、見覚えのある人物と出会った。

赤い髪に青い瞳。——恐ろしささえ感じる、整い過ぎた顔。いかにも薬師といったローブと大きな鞄。

「最も必要な薬は、お役に立てましたか？」

「あなたは……」

あのときの薬師だ。

急に、人混みが遠ざかったような気がする。

まるで、薬師だけが世界から浮き出ているかのように、はっきりとこの目に映る。

そう見えるのは、やはり顔のパーツが整い過ぎているからかもしれない。

あのときは頭痛が酷《ひど》くて、そこまで意識を向けていなかったけれど。こうして見ると、異国から来たからという理由だけではない、威圧感のような何かを覚えた。

こんな感覚は、先王夫妻に初めて出会った時以来で、思わず身構える。

「まさか、薬は役に立ちませんでしたか？」

そんなはずはない、と知っている顔で、薬師は尋ねてきた。

「薬はとっても役に立ったわ。ありがとう」

「そうですか、それは良かった」

薬師の形のいい唇が弧を描く。それと同時にふっと威圧感のような何かが和《やわ》らいだ。

「私の知る薬の中でも調合が難しい薬でしたから、少しだけ心配だったんです」

「そうなのね……」

それにしても、心に作用する薬だなんて、この国では聞いたことがない。そんな薬を作れるなんて、この薬師はどこから来たのかしら。

「あなたは、異国から来たのよね？」

薬師は頷いた。

「はい。遥か彼方より、探し物を求めて」

「探し物……」

それこそ探し物が見つかる薬くらい、この薬師には作れそうな気がする。

「そんなに、見つけるのが難しいものなの？」

「はい。何せ、半端では意味がない。唯一でなければ」

？？？　探し物に半端も何もあるかしら。

考え込んでいると、薬師は笑った。

「ふふ、王妃殿下――あなたは面白い方ですね」

「え⁉」

面白い要素がいったいどこに⁉

「表情がくるくる変わって、まるで、少女のようだ」

「！」

……からかわれているだけね。

王妃として威厳がないってことが言いたいのだろう。

まあ、いいけど！

エドワード陛下のために表情をあまり変えずに威厳を保つなんてことはやめたのだし！

あれ、そういえば。

「あなた、私に気づいたのね」

私は今かつらを被っていて、服装だって王妃が着るものとは似ても似つかない。

それなのに、彼は私を王妃と呼んだ。

「……！　たしかにそう、ですね」

「？」

皮肉を言われるのかと思ったら、意外にも、薬師は私の言葉に驚いた顔をした。

まるで、私の言葉に困惑しているみたいだけれど、どうしてかしら。

彼自身は私が王妃だと知っているはずなのに。

「どうしたの？」

「……いえ、もしかしたら――」

もしかしたら？

その続きを期待したけれど、薬師はそこで言葉を切った。

そして、美しく微笑む。

「もう少しこの国に滞在させていただきます」

「そうなのね。せっかく留まるのだから、この国で探し物が見つかると良いわね」

「はい、ありがとうございます。……ところで」

どうしたのかしら。

私が首を傾げると、薬師は微笑んだ。

「名乗り忘れておりました。私は――アキルと申します」

あまり耳馴染みのない名だ。

「アキル、ね。覚えたわ」

耳馴染みはないはずなのに、その名は不思議と舌には馴染んだ。

「さて、王妃殿下、そろそろ侍女殿が心配なさる頃合いでは？」

「え……？」

マーサは私の近くにいるはずだけれど……。

そう思い辺りを見回すけれど、マーサの姿が見当たらない！

そうだわ、私はこの薬師――アキルに気を取られて、立ち止まってしまった。でも、マーサは目的の露店通りまで歩いていっていて……。

もしかしなくても、はぐれてしまったんだわ！

相変わらず、町は活気にあふれており、人が多い。この中から、マーサを探すのは骨が折れそうだ。

どうしよう。

「大丈夫ですよ。……ほら、あなたを呼ぶ声がする」

アキルの言う通り、耳を澄ますと遠くから私を呼ぶマーサの声が聞こえてきた。

「それでは、王妃殿下」

初めて出会った日のように、アキルは恭しく礼をすると、雑踏の中に消えた。

その姿をぼんやりと眺めていると、強く腕を引かれる。

「リュゼリア様!!」

マーサだ。

マーサはいかにも心配したのがわかる顔をしていた。なので、素直に謝罪をする。

「……え、ええ。ごめんなさい、マーサ」

「いえ、こちらこそ見失ってしまい申し訳ございません。お怪我などはありませんか？」

拐かされずにすんで良かったです、とほっと息を吐いたマーサに首を振る。

「ええ、ないわ。……ありがとう」

今度こそはぐれないように、と人混みをマーサとくっついて歩く。

「リュゼリア様、やはり何かありましたか？」

「……え？　どうして？」

何かあったといえばあったけれど。

「リュゼリア様は、誰かを探されているようなので。私といない間、誰かと会われたのかと」

「！」

見抜かれた。さすがはマーサ。長年私に仕えてくれているから、なんでもわかってしまうわね。

「あのね、薬師に会ったのよ。ほら……頭痛薬をくれた」

本当は頭痛薬ではない。結果的に頭痛は治ったから、頭痛薬でもぎりぎり嘘じゃない、と思いたい。

それに、心に作用する薬なんて胡散臭い効果を口には出せなかった。

「あぁ、彼ですか。それで、彼を探してたんですか？」

「あの赤い髪はこの国ではとても目立つでしょう？　でも一瞬で見えなくなったから……まるで」

――まるで、魔法みたいだなって思ったのよ。

そう続けようとした言葉は、よく聞き慣れた声によって遮られた。

「まるで、どうしたんだ？」

不機嫌そうな声。聞き間違えるはずのない声に、そちらを向く。

「出かけるとは聞いていたが。供がひとりだけとは、自覚が足りないんじゃないか？」

その言葉の言い方よりも。

その瞳の厳しさよりも。

私は、彼によって今までもたらされてきた感情が、胸の中のどこを探しても見当たらないことに、感動した。

「……良かった」

「良かった、とは？」

会えば少しくらい、その瞳に映ることができたことに喜びを感じてしまったらどうしよう。

そんなことも、考えたけれど。

全く以てそんなことはなかった。

エドワード陛下は、髪や顔はそのままで、服装を平民用のものに替えていた。

護衛も三人ほどいるみたいね。

「……いえ、こちらの話です。ごきげんよう、陛下」

「あぁ。それで話を戻すが――」

くどくどと始まったお説教を、何も考えずに聞き流す。

「……わかったか？」

「ええ、はい。申し訳ございません」

お説教が終わったあと、反省した風な表情をつくって、しおらしくする。

「わかったならいい」

私の態度に満足そうに鼻を鳴らして、エドワード陛下は頷いた。

「ところで、陛下。アイリ嬢は今日はいらっしゃらないのですね」

城内ではあれだけべったりだったのだし、今日も一緒かと思っていた。単純な疑問だった。

「……なぜ、そこでアイリが出てくる？」

「よく一緒にいらっしゃるところをお見かけするので」

顰《しか》めっ面だったエドワード陛下は、急に表情を変えた。

「嫉妬か」

「……は？」

いけない、思わず素の声が出ちゃったわ。

いやいやいやいや、単純な事実を述べただけですけど。

確かに前の私なら、嫉妬の一つや二つじゃすまないくらい嫉妬してたけれども。

「いや、いい。……良い機会だから言っておく」

あー、これはまたお説教かしら。

「私とアイリにやましいところは何もない」

はいはい。事実がそうだったとしても、周りからどう見られるかは考えた方がいいのではないかしら。

無感動にそう思いつつ、エドワード陛下の言葉の続きに耳を傾ける。

「だから、アイリに嫉妬などと狭量なことをするな」

「かしこまりました！」

嫉妬はもうしない。なので、元気よく頷く。

「⁉　……まぁ、わかったならいい」

不思議そうな顔をしながら、エドワード陛下は腕を差し出した。

えっ、ええー。

これは、エスコートしてくださるってことよね？

でも、はっきり言って、好きでもなんでもない――しかも地位が高い――人とせっかくの休憩時間を過ごすなんて、嫌だわ。

でも、断って角が立つのもあれよね。

仕方がないので、私はその腕にそっと手を添えた。


エドワード陛下と城下町の露店が多い通りを歩く。

以前ならときめいていたはずのこのシチュエーションも、今ではときめくどころか胃が痛いだけだ。

……むしろ、アイリに代わって欲しいくらいだわ。

そう心の中で盛大に愚痴りつつ、エドワード陛下を見つめる。

御年十九になられたエドワード陛下は、私が一目惚れをした時よりも一般的に見て、更に魅力的な男性になっている……のだと思う。

濡羽《ぬれば》色の髪は相変わらずサラサラだし、顔のパーツの細部の配置も嫌味なほど整っている。

……まぁ今やもう全くときめかない相手だし、芸術品を眺めるくらいの気持ちに近いわね。

会話がないのをいいことに、その顔を眺めていると、エドワード陛下の翡翠の瞳と目が合った。

「どうした?」

「いえ、考え事をしておりました」

……そうか、と小さく呟いて、エドワード陛下はところで、と話を切り出した。

「どうして、急に外出したいなどと言い出したんだ？　そのようなこと、今まで一度もなかっただろう」

「私の知っている世界の狭さを知ったからです」

以前の私の世界の中心は、エドワード陛下だった。でも、恋心が消えて、私は私の世界がいかにちっぽけだったか知ったのだ。

「……世界の狭さ、か」

私の言葉を繰り返すとエドワード陛下は、足を止めた。

「……?」

どうしたのかしら。

「私には、愛しい小鳥の翼《つばさ》を引きちぎる趣味はない」

「……はぁ」

なんのこと?

思わず間抜けな声が出てしまった。

小鳥の羽を引きちぎるようなサイコな人だったら始めから好きにはならなかっただろうけど。

それに、大事にしてる小鳥の翼を引きちぎるってよっぽどよね。

「それだけ、覚えておいてくれ」

「？　……はい」

さっぱり意味がわからないわ。

まぁ、覚えておけと言われたから、覚えておこうかしら。

「ところで、君は緑色が好きだな？」

「ええ、まぁ……？」

緑色は、エドワード陛下の瞳の色だったから好きだったけれど、今となっては好きかも微妙なところだ。だけど、まぁ、嫌いではないので頷く。

「店主、これを」

「あいよ」

立ち並ぶ露店の一つに、安価で可愛らしいアクセサリーを扱う店があった。エドワード陛下はそこで、緑の耳飾りを買うと、私に手渡した。

「？？　これは？」

「あまり高価なものではないが。今の姿の君にはいいんじゃないか」

――つまり、プレゼントしてくれるということらしい。

別に耳飾りを欲していると一言も言ってないんだけどなぁ。

好きな人にもらうと嬉しいものも、どうでもいい人からもらうと、こんなにも対処に困るのね。

まぁ、でも、物には罪はないので受け取っておく。

「……ありがとうございます」

実際、緑の耳飾りはとても可愛らしかった。陽の光に当てると、キラキラと輝いている。

その輝きは、エドワード陛下の瞳に似ているな、と思いながら、そっと鞄の中に耳飾りをしまった。

露店を一通り見て回り、王城に戻った。

エドワード陛下は、なんの気紛れを起こしたのか、私の自室までわざわざ送ってくれた。

そもそも忙しいはずのエドワード陛下が、なぜ城下町にいたのか、とか。

城下町であのあとずっと私と一緒で良かったのか、とか。

色々と聞きたいことはあったけれど、それよりも疲れの方が優《まさ》り、それらの言葉は口の中で溶けて消えた。

「陛下、ありがとうございました」

「……あぁ」

小さく頷き、踵《きびす》を返したエドワード陛下の後ろ姿をぼんやりと見つめる。その姿が完全に消えたのを確認して、扉の外から自室の中に入ると、思い切り叫んだ。

「疲れたわー！」

好きでもなんでもない人と過ごす休憩時間——しかも相手は高位の人——気を遣わないはずも

なく。

そういえば、露店巡りの後半、エドワード陛下はずっと何か言いたげな顔をしてたわね。

どうしたのかしら……？

とか、なんとか。

もうどうでもいいー！

私は、私を溺愛するので忙しいのよ!!　他人に構っている暇はないわ。

でもその前に大事な人にお礼を言わなくっちゃね！

ずっとそばにいてくれたマーサにお礼を言う。

「マーサ、今日は付き合ってくれてありがとう」

「いいえ。リュゼリア様を見失ってしまい、申し訳ありませんでした」

「もう、そのことは気にしないで。私も悪かったから」

まだ少し落ち込んでいるマーサを励まして、メイカを呼び出す。

「王妃殿下、おかえりなさいませ。お風呂の支度もできております！」

さすができる侍女だわ。

メイカにも、ただいま、と服やかつらを貸してくれてたお礼を言って、せっかくなので、お風呂にそのまま入れてもらう。

溺愛する自分のために、今日はいつもよりもお高めな入浴剤だって使ってもらうんだから！

マーサに入れてもらった入浴剤の効果で乳白色になったお湯に肩まで浸かる。温かなお湯に浸かると、体の疲れが出ていく気がする。

「はぁー、生き返る！」

さっきまで、精神的に死んでいたものね、私。

……というか、今日が色々とありすぎたのよね。

お風呂の縁に頭を預けて、今日あった出来事をおさらいする。

まず、目を覚ますと恋心が消えていて。次に、一人で朝食を食べて、初めてのおかわりをした。

あの朝食とっても美味しかったわ。夕飯は何かしら。夕飯に思いを馳せていると……お腹の虫が鳴った。私って本来は食い意地が張っているのよね。それなのに、ずっと我慢してしまっていたわ。

その後、少ない公務をして、髪を切った。

肩と胸の間までしかない髪を摘む。腰まであった髪がなくなって、ずいぶんスッキリしたわね。

そして、平民の格好をして城下町に出かけたのよね。そこで、恋心を消してくれた薬を作った薬師――アキルと出会った。

アキルと別れた後、エドワード陛下とばったり会って。

そういえば、エドワード陛下から、耳飾りをいただいたのだったわ。あの耳飾りどうしようかしら。

以前の私なら四六時中身に着けたでしょうけど。

私は、溺愛する私に、好きでもない男から業務外で贈られたプレゼントを身に着けさせるような真似はしないわ！

……といっても、全く使わないのは勿体無いから、着ける機会があれば使う、でいいかしら。

うーん、こうして考えると本当に今日という短期間に色々なことが起きたわね。

明日は、もっと素敵な日になるといいな。いえ、絶対なるわ！

なんと言っても、嫌われ王妃は死んだのだ。そして、今日から愛され王妃になったんだものね。

うんうん、エドワード陛下と婚約する以前の前向きな本来の私がちゃんと戻っているわね。

この調子で、前向きに楽しく私を溺愛しましょう！

◇◇◇

（アキル視点）

息を吐く。

……よかった。

彼女はちゃんと薬を飲んでいた。

先ほど見た、彼女の表情は穏やかだった。以前のような、疲れ切ったものとは全く違う。

穏やかで少女のような表情を、思い出し、ふ、と微笑む。

私は『この力』と引き換えに、人の顔がはっきり見えない。

目鼻のパーツを確かに見たはずなのに、記憶に残らないのだ。

近しい血縁は見えるが、それ以外の人物はさっぱりだった。

けれど——彼女は、違う。

彼女は、浮き出て見えた。

まるで、世界から白く縁取りがされたように浮き上がって見える。

……だが、なぜ、彼女だけが、見えたのだろう。

彼女は、近しい血縁ではないはずなのに。

それでも、見えたのは——……。彼女のことが、気になって仕方ない。

輝く銀糸の髪に、紫の瞳。

憂いを帯びたその表情を見て、これはいけないと思った。

カウンセリングをしてみれば、彼女は自身の恋心のために疲れ切っていた。

今にも死んでしまいそうなのに、それでもなお、その恋を手放せない、いや、手放さないその高潔さ。

その眩《まぶし》さが、私が彼女の顔を見た理由かもしれなかった。

「……もし」

……もしも、を想像してしまった自分に苦笑する。

彼女が、私にその一途すぎる想いを向けてくれたなら、どれほど幸福だろう、と。

あの澄んだ紫の瞳が、熱を帯びて、私を見つめてくれたなら、と。

だが、彼女には夫がいる。深く深く愛した夫が。だから無理やり奪って、彼女を悲しませるつもりはない。

彼女が望んでそばを離れるのなら別だが、そうでないのに引き離すのは違う。

だから……知りたいと思う。

私の薬を飲んだ彼女が、どんな選択をするのか。

——その行く先を、見守りたい。

そう思いながら、窓の外に視線をやる。

彼女を思わせる月の光に目を細めながら、ゆっくりと息を吐きだした。

◇◇◇

お風呂から上がり、支度を整えて食事の間へ。

さてさて、今日の夕食は何かしら？

そう思いながら、扉を開けると私を待っていたのはとっても美味しそうな料理——だけじゃなかった。

げ、と思わず漏れそうになった言葉を寸前で飲み込む。

「……どうしたんだ？　そんなに驚いて」

驚いても何もあなたのせいでしょー！

今まで散々食事を共にする機会をふいにしておきながら、今更食事の間に来るなんてどんな心境の変化かしら。

そう、私の目の前には黒髪に翡翠の瞳の麗《うるわ》しいお顔があった——端的に言うと、エドワード陛下がいた。

はっきり言って、最悪の気分だわ。

気を遣いながら食べる食事なんて美味しくなーい！

せっかくの私の楽しい夕食が……。

いいえ！　リュゼリア、よく考えるのよ。食事に集中すれば、気にならないわ。そう、目の前の人物ではなく、目の前の食事に集中するの。

だって、私が今向き合うべきは、このご馳走たちでしょう？

よし、落ち着いてきた。

「……リュゼリア？」

返事がないことを不審に思ったのか、名前を呼ばれた。

「いえ、少々考え事をしておりました」

そう言って何事もないように席に着く。

——そして、夕食会が始まった。

料理を口に運ぶ。美味しーい！

えっ、ええっ、なにかしらこのソースの味‼　我が国の料理はソースが決め手！　とはよく言われるけれど。こんなに、コクがあるのに、重すぎず、口溶けも滑らかなソース食べたことがないわ！

それに、お肉の焼き加減も最高に私好みだわ。

うわー、なんて贅沢な時間――。

「髪を、切ったんだな」

「え……あぁ、はい」

待って待って、このお魚もとっても美味しいわ。身も柔らかいし、骨も取ってあるから、パクパク食べられる。

「何か心境の変化でもあったのか？」

「……そうですね」

スープはどうかしら……？　お、美味しーい！

お魚やお肉の味付けが濃いめだからか、薄味で上品な味付けだ。それで、お魚やお肉を食べると、スープが飲みたくなって、スープを飲んだら、またお魚やお肉が食べたくなって。

このループから抜け出せないわ！

「どんな心境の変化があったんだ？」

「……ええ、まぁ」

最高！！！　最高すぎるわ。今まで、孤独なことばかりに気を取られて、こんなに美味しい食事にしっかりと向き合えていなかったなんて。

「その……何かあったのか？」

「……そんなところです」

ところで、さっきからずっと気になっていたけれど、時期尚早と思って我慢していた。デザートは、ミニケーキなのよね。

そのミニケーキの愛らしさと言ったら!!

あぁ、あなたはどんなお味なの。早く食べたいわ。でも、その前にこのお肉とお魚とスープとサラダのおかわりを……。

「リュゼリア！」

何かしら……はっ!!

「私としたことが！　申し訳ございません。陛下」

エドワード陛下が怒るのも納得だわ。私がどうかしてたもの。

「……わかったのなら、い――」

「料理長を呼んでくださいな！　今すぐ!!」

「…………………………は？」

急いで給仕に指示を出し、これでお怒りも冷めたわよね、とエドワード陛下を見る。エドワード陛下は、なんとも言い難い表情をしていた。

？？？　なぜ、そんな表情をされているのかしら。さっぱりだわ。

「王妃殿下、料理長を呼んで参りました」

「あぁ、来たのね。ありがとう」

とりあえず、エドワード陛下のことは放っておくとして。

「料理長……名前は、イーディスと言うのね」

料理長の胸についている、金のプレートを見ながら、名前を読み上げる。女性の料理長なんて、珍しいわね。

「は、はい……王妃殿下」

イーディスは、震えていた。

あら、怖がらせてしまったかしら。反省反省。いきなり初対面の人に名前を呼ばれたら怖いものね。

「イーディス、私があなたを呼んだのは……」

私はそこで言葉を切り、イーディスを見つめた。

「あなたの素晴らしい料理に直接お礼を言いたかったからよ！　いつも美味しい料理をありがとう」

「……え？」

こんなに美味しい料理を作ってくれるイーディスは最高の料理人だわ。

驚いているイーディスに私の身につけているイヤリングをはずし、その手に握らせる。

これは、私の個人のお金で買ったものだ。

「これは、そのほんのお礼よ」

「えっ、え？　でも……」

表彰したかったけれど、手持ちがこれしかなくて申し訳ないわ。

「とっても美味しかったし――それになにより、お肉の焼き加減が私好みだったわ」

「……！」

イーディスが、はっ、と息を呑んだ。やっぱりそうだったのね。

「私、今まで味の感想なんて一つも言っていなかったでしょう？　料理だって、楽しくなさそうに食べてた。本当に申し訳ないわ……でもそんな私の反応を見て、好みを研究してくれたのよね。ありがとう」

「王妃殿下……！」

イーディスの瞳から熱い雫《しずく》が零《こぼ》れた。

こんなに美味しいのは、なにも私の恋心が消えたからだけじゃない。イーディスが、料理を『私好み』に寄せてくれたからだ。

「い……いつも、料理を残されていたから、それで……試行錯誤して……」

「ええ。ありがとう」

ずびずびと鼻を啜《すす》り出したイーディスの顔を、ハンカチでそっと拭う。

「ありがとう、今日の料理もとっても美味しかったわ。苦労をかけたわね」

「め……めっそうもございません」

そして私たちは、感動のハグを……。

「ごほん！！！」

……ん？

何か今変な音が聞こえたような……。

まぁ、気のせいよね。

私は気にせず、イーディスとハグをした。

途端に、給仕や他の使用人などがパチパチと拍手をする。

「おめでとう、イーディス」

「イーディス、よかったね！」

イーディスの頑張りは、他の人も知っていたのね。それだけ苦労をかけさせたってことよね。

「……リア」

その歓声に紛《まぎ》れて、誰かの声がする。どうしたのかしら。まぁ、いっか！

「……ゼリア」

そんなことより、イーディスにおかわりをもらわなくっちゃ！

「イーディス、本当にありがとう。それでね、とっても美味しかったからおかわりが欲しいのだけれど……作ってもらえないかしら？」

「はい！！　喜んで！！！！」

大きく頷いたイーディスはいそいそと厨房に戻って行った。

「リュゼリア……！」

その後ろ姿を料理の味を思い出しながら眺めていると、大きな声で名前を呼ばれた。

どうしたのかしら？

「………はい？」

ちらりと、そちらに視線をやる。エドワード陛下が、ふるふると震えていた。……あらやだ、寒いのかしら。

給仕に、部屋の温度を少し上げるように指示を出す。

「リュゼリア、君は」

エドワード陛下は、私を見つめていた。

「なんでしょうか、陛下」

仕方ないので私も席に座って、エドワード陛下を見る。

「……君は、変わったな？」

「……ええ、まぁ」

変わったか、変わってないかで言えば、変わった。恋心が消えた私は、生まれ変わったから。きっと、恋心があるままだったら、イーディスがこんなにも頑張ってくれていたことにも気づかなかった。

いいことだらけよね。

「それは……髪を切ったことと関係があるのか？」

あっ、もうおかわりが運ばれてきたわ‼　さすがイーディス。仕事が早いのね‼

「……そうですね」

もぐもぐ。美味しー！！！！

やっぱりイーディスの料理は最高だわ！！！

あっ、さっきよりも更にスープが薄味になってる。塩分取過ぎになることにも配慮してくれたのね！　さすがイーディス！

「リュゼリアっ‼　私を見てくれ」

あら、やだ。また、料理に夢中になって、すっかりエドワード陛下のことを忘れてたわ。

見てくれ、と言われたのでエドワード陛下を見ると、なぜかかなり辛そうな顔をしていた。

……えっ、なに？

エドワード陛下もおかわりが欲しかったのかしら。それならそうと言ってくれれば――。

「君が……心配、なんだ」

「……………………は？」

思わず間抜けな声を出してしまったわ。

あ、ああー！　食べ過ぎってことね？　それなら、心配には及ばないわ。

「心配には及びません、陛下。……なぜなら、私とっても幸せなので！」

そう、満面の笑みで伝える。

食べ過ぎで死ぬなら本望よ。いや、でもまって、イーディスの新しい料理がもう食べられなくなるのは辛いわね。

「っ！」

なぜだか、エドワード陛下は驚いた顔をした。

？　少しは控えるべきかしら……って、あぁー！　ようやくデザートの時間だわ。可愛い可愛いミニケーキが私を誘惑する。

甘い香りが、鼻をくすぐった。

そうよね、先のことなんてまだわからないわ。まずは、目の前の料理に集中しなきゃ。

「いただきます！」

私は、ミニケーキを口に運び……!!　えっ、なにこれ！　なにこれめちゃくちゃ美味しいわ!!

甘いけれど重すぎず、クリームは口の中でふわっと溶ける。

私が、ケーキの感動で打ち震えている間に、エドワード陛下は席を立った。

「お待ちになって、エドワード陛下」

「リュゼ――」

「お召し上がりにならないなら、そのケーキをいただいてもいいですか？」

ほら、最近隣国でフードロスなるものが話題になっているらしいし。こんなに、美味しいものを残すなんて勿体無いと思うの。

「……は？　あ、あぁ、勝手にしろ」

「ありがとうございます！　責任を持っていただきますね」

なぜかエドワード陛下はふらふらとしながら、食事の間を、出て行った。

そんなことより、ケーキよ、ケーキ！

私は給仕がいそいそと運んできてくれた、エドワード陛下用のケーキを口に運び、叫んだ。

「料理長、料理長を呼んで頂戴！」

本日二回目のイーディスの呼び出しは、みんな慣れたもので、イーディスを胴上げしていた。

そんな風にして、私が生まれ変わって初めての夕食会は過ぎていった。


「……ふぅ」

食事の間を出て、息を吐く。

今日の夕食、とーっても美味しかったわ。

これまで本当に勿体無いことをしていたわね。

明日の朝食も楽しみ！　早く明日にならないかしら。とりあえず、自室に戻って、寝る準備をしなくっちゃ!!

私はうきうきで、自室へと続く廊下を歩く。すると、男女の声が聞こえてきた。

「……が……」

「だから……だと思うの！」

「だが……」

ところどころはよく聞こえないものの、誰がその声の主かは、目を凝らさずともわかった。

私は、厄介ごとに巻き込まれる前に、回れ右をしようとし——。

「あっ、王妃様ぁ！」

捕まった……！！！

うきうきした気分が勢いよく萎《しぼ》むのを感じながら、ぎぎ、と音が立ちそうなほどゆっくりと振り向く。

「あら、アイリ嬢。……それにエドワード陛下も。ごきげんよう」

うふふ、と優雅に微笑みつつ礼をする。

「ちょうど今、王妃様の話をしていたんですよ!!」

アイリは、満面の笑みでこちらに近づいてくる。対してエドワード陛下は気まずそうに、顔を逸《そ》らした。

「王妃様、髪を切ったんですね！　とっても可愛いです!!」

「ありがとう、アイリ嬢」

アイリを見ても、以前なら間違いなく湧き起こった嫉妬心は全く以て生まれない。……良かった。

そのことに内心で喜びつつ、慌てた演技をする。

「……あら、もうこんな時間だわ！　私、用事があるので、失礼いたし――」

「……こんな夜更けに用事だと？」

エドワード陛下が、疑いの目を私に向けた。

「どんな用事なんだ？」

夜更けだからこそ、寝る前の用意とか、明日の朝食を万全の状態で食べられるようにするためのストレッチとか、いろいろあるでしょうが！

「明日の用意をしようと思いまして。……というわけで」

「明日は別段、公務はなかったはずだが？」

びっくり、私の予定を把握してらっしゃる。

そういえば、エドワード陛下ったら、王としては有能なのよね。

夫としての評価……は、言うまでもないけれど。

「そうですが、早めに眠りたいので」

「なぜ、そんな必要が？」

め、めめめめんどくさーい！

一から十まで説明しないといけない理由あるかしら。そもそも夜だから早く眠りたい。それって当然のことよね。

「明日の朝食のためです!!　では……」

「そういえば今夜の夕食もやけに、楽しげだったな」

「ええ、イーディスの料理はとっても美味しいので！」

全部話したし、これで満足よね。

じゃあ、今度こそお暇してもいいわよね。

「まさか……」

えっ、なに。まだ何かあるの？

お腹いっぱいだから、早くストレッチして、肌の保湿をして、眠りたいんですけど。

「まさか、私に対する当てつけ……なのか？」

「…………………………はぁ？」

あてつけ、ですって……？

私は、私らしく明るく前向きに生きているだけなのに、そう言われるのは納得できない。

「だから私が……君に触れないことへのあてつけなのか、と聞いているんだ」

「……は？」

私に触れないこと、つまり白い結婚なんて最早どうでもいいけど。今やこれっぽっちも好きじゃないし。だから、好きじゃない人の子供を産まなくてすんでむしろラッキーくらいに思ってるわ!!

……って、これを流石《さすが》に言ったら不敬罪かしらね。

「いえ別に、私は――」

「王妃様！　ちがうの、エドは悪くないの!!」

アイリが、否定をしようとした私と、エドワード陛下の間に入ってきた。

「……エドは、エドはっ――。……とにかく、私の力不足が……原因……で」

アイリはふるふると肩を震わせ、涙を零した。

「アイリ、君が自分を責める必要なんてどこにもない」

そんなアイリの肩を抱き、エドワード陛下は、優しい声でそう言いながら、アイリの涙を拭ってやる。

えーっと。

いちゃつくなら、廊下じゃなくて、部屋の中でやってもらえないかしら。

「アイリは、何も悪くない」

改めて、エドワード陛下は私に向き直るとそう言った。

「……はぁ、左様にございますか」

私は別にアイリを責めたつもりは一切ないし、エドワード陛下を責めたつもりもない。

けれど、なぜかよくわからないけれど、エドワード陛下とアイリの中で、私は二人を責めたことになっているようだ。

ええー、理不尽すぎるわ。

でも、まぁいっか!!

とにかく、これで白い結婚は続行ってことよね。

うんうん、それに越したことはないわ。

……もちろん、貴族として生まれたからには、子供を産み、次へと繋ぐという義務があることはわかってる。

だから、もしエドワード陛下がそのつもりなら、私に拒否権はない。

でも、しなくていいことなら、したくなーい、っていうのが本音だ。

私には、エドワード陛下がその気じゃありませんでした！　という言い訳もあることだし。

「では、あとはお二人でごゆっくり。私には、明日の朝食が待っていますので」

そうそう！　明日のイーディスの朝食‼　とーっても楽しみだものね。

私は、今起きたことなんてけろっと忘れて、朝食のメニューに思いを馳せ……。

「待て、リュゼリア」

？？？　まだ何か？

ため息をつきたいのを抑えて、ゆっくりと振り向く。

「私は……いや、なんでもない。おやすみ」

「はい、おやすみなさいませ」

まだ泣いているアイリを慰めるエドワード陛下を横目に、今度こそ私は自室へと歩き始めた。

◇◇◇

翌朝。小鳥の囀りで目を覚ました。

なんだかいい夢も見た気がするし、今日はいい日になりそう！

ベッドの上で大きく伸びをして、起き上がると、マーサがやってきた。

「おはようございます」

「おはよう、マーサ」

マーサが朝の支度を手伝ってくれている間、私は朝食のメニューに思いを馳せていた。

今日は、どんなご飯が私を待っているのかしら！

イーディスが私のために——と一応エドワード陛下のために——作ってくれる朝食、とっても楽しみだわ。

今日はさすがにエドワード陛下もいないだろうし、昨日以上に満喫できそうね！

……と、丁度朝の支度が終わった。

私は鼻歌を歌いながら、上機嫌で廊下を歩いた。さて、いよいよ食事の間だ。

お腹の具合は？　――ばっちりね！

気持ちは？　――わくわくしてるわ！

お腹も気持ちも準備万端！

いざ、私の最高の朝食へ……。

ぎぎ、と食事の間の扉を開ける。

「おはよう」

「！　…………………オハヨウゴザイマス」

な、なんでー？　どうしてエドワード陛下ってば、食事の間にいるの？

今まで別々だったじゃない！　昨日といい、今日といい、一体なんなの⁉

「……不機嫌そうな顔だな」

「あら、いつも通りの顔ですわ」

失礼ですわね。オホホホ……はぁ。

でもこれはそろそろ……確かめるべきかしらね。

……と、その前に。

運ばれてきた朝食を見る。パンはツヤツヤしていて、サラダもとっても新鮮そうだし、スープからは美味しそうな湯気がたちのぼっている。

「いただきます」

――そう、目の前の食事に集中することにした。

まずは、体のためにサラダからよね。

「……！」

何これ何これ、私の知ってる野菜と違うわ。

ぜんぜん、青臭さがないわ！　それになによりこのドレッシング!!　ほどよい酸味が食欲を刺激して、いくらでも野菜を食べられちゃうわ！

パンも美味しーい！　外側はカリッとしてるのに、中はふわふわで……って、待って！　ベーコンもとっても美味しい！　私ベーコンは、カリカリが好みなのだけれど、これは理想のベーコンだわ！　焼きムラが全くないのもさすがね！

そしてスープは、塩分控えめで、胃に優しい！　でも、美味しい!!

あらあらこっちのオムレツはどんなお味かしら――。

……ふぅ。とーっても美味しかったわ。

美味しすぎて、おかわり二回もしちゃった。これは食後の運動が必須ね。

やっぱり、料理って芸術よね。素材の味を活かしつつ、それ以上の高みへと持っていく芸術。

イーディスには、ぜひ、長く働いて欲しいわ。……そのためにも、女性が働きやすい職場を目指さないとね。

まずは、労働時間などの勤務形態についての見直しを……。

「……ごほん」

咳払いを聞いて、その存在を思い出した。そういえば、エドワード陛下は今朝も一緒だったのよね。

料理に集中しすぎてさっぱり忘れてたけど。

でも、せっかくの機会だし、聞いてみようかしら。

「エドワード陛下」

「……どうした？」

「エドワード陛下こそ、何か心境の変化がおありですか？」

「心境の変化……？」

「はい」

心境の変化があったはずだ。だって、今までエドワード陛下は、私と一緒に食事を摂ることなんてなかったのだから。

「……それは、君の方だろう」

エドワード陛下は、私を見つめた。翡翠の瞳には、私だけが映っている。

「リュゼリア、君が急に出かけると言い出したから……」

えっ、私？

そういえば、城下町に下りる前に、侍女を通じて許可を取ったのだったわ。それで、城下町にはなぜかエドワード陛下もいた。

「今までの君は、出かけたいなどと一度も言わなかった。だから、気になった」

ふーん、なるほど。

私が、いつもと違う行動をとったから、物珍しかった、というわけね。

「そうなのですね」

「それより、君こそどうなんだ。世界の狭さを知ったと言っていたが。……そのきっかけは？」

私が世界の狭さを知ったきっかけ。

この胸から、あなたへの恋心が消えたこと。

「きっかけは……、手放せたことです」

私一人じゃ無理だった。ずっと、きつく握りしめて、手から血が滲《にじ》んでもお構いないしに、きつくきつくあの想いを握りしめていたから。

あの薬があったから、私は変われた。

「手放す……？」

エドワード陛下の翡翠の瞳が不安そうに揺れる。変なの。あなたが不安がる必要なんて何もないのに。

「ええ！」

だから、私は安心させるように、笑顔で頷いた。

「手放してから、とても楽しくて……」

まあ、まだ手放してから一日しか経ってないのだけれども。

「食事も美味しいですし」

イーディスの作る食事の美味しさ、そして、その美味しさに込められた努力に気づけた。

「それに――」

「待て！」

？　なんだろう。

「はい……？」

「君は――リュゼリアは、なにを手放したんだ？」

何を手放したか、ですって？

「それは……」

ゆらゆら揺れる翡翠の瞳。そこに映る私は、とても幸せそうだ。

……胸と肩の間までしかない、今までに比べたらかなり短い髪。

……頭痛がなくなり、頭に手を当てることも少なくなった。

……そして、何より心が、体が、軽くなった。

「お気づきになられませんでしたか……？」

「……何、に？」

私は、人差し指を立てた。

「ひとつ、髪を切ったこと」

「そんなこと、とっくに気づいていただろう？」

「そうですね。正しくは、『陛下に褒めていただいたことがある』髪を切ったこと」

「！」

エドワード陛下が、はっ、と息を呑む。私はそれを気にせず、人差し指と中指を立てる。

「ふたつ、陛下からいただいた贈り物をすぐに身に着けなかったこと」

「……それ、は」

どうやらそのことを、疑問には思っていたみたいだ。

まぁ、そうよね。

今までの私だったら、すぐに身に着けて、アイリに見せびらかしていたかもしれないもの。

「みっつ、陛下より食事を優先したこと」

これは食事の時間だから、当然と言えば当然だけれど。でも、あれだけ返答を求められて、スルーするのは、今までの私ならあり得ないわよね。

「そして、最後。私の瞳から熱が消えたこと。ここから導き出されることは……」

急にエドワード陛下が、顔を逸らした。

まるで、その先を聞きたくないというように。

それにかまわず私は続ける。

「あなたに執着する私、を手放しました！　いえ、死んだ——という方が正しいのかも」

「……死んだ、だと？」

「ええ」

だって、私は毒薬だと思ってあの薬を飲んだのだ。結果がどうであれ、死にたいと思っていたのは事実。そして、実際、私は生まれ変わった。エドワード陛下に恋をしていない私に。

「……っふ」

「陛下？」

エドワード陛下は、俯《うつむ》いて肩を震わせた。どうしたのかしら。

「ははっ、面白い——冗談だな」

顔を上げると、エドワード陛下は私を見つめた。

「冗談……？」

私の恋心が死んだことがそんなにおかしいのかしら。

「あぁ、冗談だ。君が、私に対する執着心を手放すなんて、あり得ない」

「！」

それは、以前の私の態度は凄まじかったかもしれないけれど。今の私は、過去とは違う。

「……私も驚きですが、あり得たようですの」

まぁ、薬のおかげなんだけどね！

私はご馳走様の礼をして、立ち上がった。

「信じるか信じないかは、陛下次第ですが――」

これで失礼します、と退出しようとした時だった。

エドワード陛下も、立ち上がったのだ。そしてかつかつと、踵《かかと》を鳴らしながら、私の方に近寄る。

「……陛下？」

こんなに距離を詰めて何をしたいのかしら。

話すだけなら、引き止めればいいのに。

疑問に思いながら、その名を呼ぶと、更に距離を詰められた。

「？」

えっ、なに、なんなの？

無言の圧が怖いんですけど！

仕方がないので、一歩下がると、二歩分距離を詰められる。そうしたことを繰り返した結果、ひたり、と冷たい感触が背中に当たる。つまり、壁際まで追いやられたのだ。

……まさか、逃げ道を塞いだつもり？

そんなことして何になるのかしら。

「リュゼリア」

翡翠の瞳を見つめる。けれど、その瞳からは、感情を読み取れない。

「……はい」

「──覚えておけ」

……何を？

「君の夫は、誰なのか。そして、君が恋い慕うべき男は誰なのかを」

「私の夫は陛下ですが、恋い慕うべきなんて、決められている人なんて、誰も──！」

言葉の途中で、顎《あご》を掴まれる。

「なに、を……」

「覚えておけ、リュゼリア。君の夫は、そして、君が恋い慕うのも。未来永劫──この私だ」

そう言って、顔が近づけられる。

まさか……？

いえ、でもそんなはずないわよね。

ただ、自分のものだと思っていた相手が、違って怒っているだけ。

エドワード陛下は私のことなんとも思ってないはずだもの。

そうこう考えている間にも、距離はどんどんと近づいてくる。

顔を背けようにも顎を掴まれているせいで、上手くできない。

「……いや！！！」

私は思いっきり、右手を振りかぶった。

閑話◆君以外など（エドワード視点）

「………で、その綺麗な手形が頬についた、と」

側近のロイズが、半笑いで私の頬を指さした。

「……言いたいことがあるなら、はっきり言え」

ロイズは側近だが、親友でもあった。なので、二人だけの時は私も気安い。

「やーい、エドワードってば、ついに王妃殿下に嫌われてやんの‼」

「嫌われてなどいない！！！」

嫌われてなどいるものか。リュゼリアは私一筋だ。

「……その自信はどっからくるわけ？」

呆れたようにため息をついた後、いや、でもさぁ……、と半笑いをやめて、ロイズは私を見つめた。

「正直な話、理由も話さず幼馴染を城にあげたかと思えば、触れないどころか目も合わせない。そんな男に愛想を尽かしたとしても……当然じゃない？　少なくとも俺なら愛想を尽かすね」

「ぐっ！！！」

私の心にロイズの言葉がぐさぐさと刺さる。

「だからアイリ嬢を城に呼び寄せた理由を話せって言ったろ。それか、ちゃんと好きだって伝えるとか」

「………無理だ」

「この後に及んで何言ってるのさ！　もうエドワード、お前が結婚して二年が経った!!　このまま隠し通すのはそれこそ無理だって」

……だが。

「理由を話せば、嫌われるかもしれないし、言葉にして好意を伝えれば、歯止めが効かなくなる。だが、歯止めが効かなくなれば……」

「理由を伝える必要が出てくる？」

「そうだ」

エドワードはさ、本当に臆病者だよね、とロイズは言って、頭を掻きむしった。

「あー、もう！　嫌われるとか、結局お前のプライドを大事にしてるだけだろ！」

「！！！」

ぐさっ。

今までで一番大きな矢が刺さった。

「そりゃあ、男としては一大事だよ。わかるよ、俺も男だし。でもさぁ、お前は、お前のプライドと王妃殿下どっちが大事なわけ？」

「……っそれ、は」

リュゼリアが好きだ。愛している。初めて出会ったあの日から。だから、今は亡き兄たちに負けないように、努力を重ねてきた。

「リュゼリア……だ」

「だったら、さっさと言えっての!!」

はー、と大きくため息をついて、ロイズは続けた。

「言っとくけど、こっちだってかなり限界だから。重鎮たちの王妃を変えるべきっていう声、日に日に大きくなってる。有能な陛下なら……もちろん、気づいてるよね?」

「……っ!」

私とリュゼリアの間には、子供がいない。そのことで、私たちの相性が悪いのではないか、それなら、別の王妃を迎えるべきだという臣下たちが増えている。

「それは、だが……。私は、リュゼリア以外と婚姻など絶対に――」

第二章

乾いた音を響かせて、思いっきり平手打ちをおみまいした後、私は走って食事の間を逃げ出した。

「……っはぁ、はぁっ……っは」

自室に入り、荒い息を吐く。

「リュゼリア様？」

マーサが驚いた顔で私を見ている。それはそうよね。仮にも王妃が走って部屋に帰ってきたのだもの。

「……っマーサ！」

「は、はい！」

「理由は後よ。とにかく消毒薬を早く持って来てちょうだい!!」

「……お待たせいたしました！」

マーサが持って来てくれた消毒薬をありがたく受け取り、ガーゼに染み込ませ、唇を消毒する。

「りゅ、リュゼリア様？」

「大丈夫、死守したわ。ただぎりぎりだったから……一応」

「一体何があったのですか？」

消毒も無事に終わったし、マーサに理由を話す。

「……というわけなのよ」

「無理矢理だなんて、酷いです！」

自分のことのように怒ってくれたマーサにありがとう、と微笑んで、ふと思い出した。

「ねぇ、マーサ。お願いがあるのだけれど……」


数時間後。人払いをした自室で、マーサが手配してくれた、その人物と再会する。

「王妃殿下、昨日ぶりですね」

そう言って恭しく礼をして、微笑んだのは異国の薬師——アキルだった。

「ええ、アキル殿」

昨日城下町で偶然会ったアキルに、聞き忘れていたことがあるのを思い出したのだ。

「あなたを呼び出したのは、あの薬の正式な効果と名前について聞きたかったから」

「正式な効果と名前……にございますか」

アキルは、顎に手を当てた。

その一つの仕草さえ、様になる。

「正式な名前はそのまま『恋心を消す薬』です」

……やっぱりそうよね。ここまでは想定の範囲内だわ。

「では、効果は？」

「恋心を、条件付きで消します」

条件付き、ということは……。

「一年以内に誰か別の人物に恋をすれば、完璧に前の恋心は消え去ります。しかし、それができなければ、一年後、その恋心は復活します」

「!!」

一年後に、またあの苦しい思いをしなければならない……？

そんなのごめんよ。

「元から完璧に恋心を消し去る薬はないの？」

「ある……といえば、あるのでしょうが。私が作れるのは、『心』そのものを消す薬になってしまいます」

やっぱり、そうよね。そんなに上手い話はないか。

「わかったわ。ありがとう。それから、もう一点、あなたに尋ねたいことがあるの」

「何なりと」

「あなたのおかげで、今、私、とても楽しいの。そのお礼として、何か欲しいものはある？」

「……欲しいもの、ですか」

アキルは意外そうに目を瞬かせた。

「ええ、そうよ！」

もちろん、私個人の力であげられるものの範囲内で、という注釈はつくけれど。

「それでしたら、一つ、ございます」

アキルは、とてもすごい薬師だから、要求も高そうだ。私に応えられるかしら。

「あら、何かしら？」

若干不安ではあるものの、続きを促す。

「それは、私が、ずっと探し求めているもの」

「！」

そういえば、アキルは探し物をしてるって言ってたわね。

「私が探しているのは」

アキルは、私を見つめた。なぜだか、急にアキルの言葉以外の音が遠ざかる。

「——私の唯一になりうるもの」

「アキル殿の唯一になりうる、もの……」

そういえば、半端では意味がないとも言っていたわね。

「はい。ですが、それをいただく——のは、今は道理に反しておりますので」

「道理に反する？」

「はい。私が見つけなければ、意味がないので」

そこで一度言葉を切り、アキルは微笑んだ。

「王妃殿下には、それを探す手伝いをしていただきたく」

「それは……構わないけれど。どう手伝ったらいいの？」

だって、アキル自身が見つけなければ意味がないという。

「そうですね、具体的には、王妃殿下には一日ひとつ、私の質問に答えていただきたく。もちろん、お忙しい日はできない、という答えで構いません」

「アキル殿の質問に答えることが探し物に繋がるの？」

まるで、謎かけみたいね。

「はい。そう、信じております」

「……そうなのね」

よくわからないけれど、それならば、こちらの答えは決まっている。

「わかったわ」

「ありがとうございます。この目で薬の効果が持続しているかも確かめたかったので、嬉しいです」

……薬の効果。恋心を消す薬の効果は、一年間恋心を消すけれど、一年以内に他の人を好きにならなければ、またあの恋心が復活しちゃうのよね。

「ねぇ、アキル殿」

「はい」

「薬を飲み続けることは、できないの？　ほら、一年後にまた同じ薬を飲んで、また復活した恋心を消せば……」

　思ったのだ。ずっと薬を飲み続ければ、もうあんな苦しい思いをしなくてすむって。

「少しずつ薬の効果が薄くなりますし、心がすり減ってしまいます」

　効果が薄くなるってことは、つまりどんどん薬を飲む期間が短くなり、たくさん飲んでも効果が出にくくなるってことかしら。

「心がすり減ると言うのは？」

「あるものをなくす、というのは、心に負担をかけるのです」

　……なるほど。

「なので一番おすすめなのは、そんな相手から離れることですね」

「離れる……」

「ええ。離れる方法は、様々ですが」

　たとえば、物理的に離れたいなら別居もそうだし、書類からも完全に離れたいなら離婚もそうよね。

　自分の心の中で言葉にして、はっとする。

　――離婚。

　そういえば、そんな方法もあったのだと。

「そうね、検討してみるわ。ありがとう」

「いえ」

アキルは美しく微笑むと、私を見つめた。

「ところで、王妃殿下。今日の質問を一つ、よろしいですか？」

「ええ、構わないわ」

アキルの探しものの手伝いになるかもしれない質問ってどんな内容かしら？

若干ドキドキしつつ、アキルを見つめ返す。

「そうですね――王妃殿下のお好きな色は？」

「……え？」

私の好きな色？　それがどう探しものに繋がるの？

頭の中が？マークでいっぱいだ。

でも薬のお礼なので、答えないといけないわよね。

「……私の好きな色は」

以前なら迷わず緑と答えただろう。でも、今はそんな緑も好きかどうか微妙なところ。

それ以外に好きな色といえば……。

ふと、アキルの燃え盛る炎のような髪色が目に入った。

そういえば、緑の反対色といえば、赤よね。

「……赤、が好きだわ」

たった今気づいたけれど。

うん、赤も割と好きかもしれない。

「そうなのですね、お答えいただきありがとうございます」

アキルは目を細めて、薄く笑うと、恭しく礼をした。

「では、王妃殿下。これにて、失礼致します」


……さて。

その後は、今日も数少ない公務をして。

せっかくの休憩時間だけれど、出かける気になれず、ベッドにごろりと転がる。

「離婚、かぁ……」

薬を飲む前にアイリに王妃をしてもらって私はお暇するのもいいかもしれない、とか考えていたのよね。

でも、恋心が消えて、特にアイリのことについて悩む必要がなくなったから、その方法をすっかり忘れてしまっていたわ。

もし、離婚するとなれば私の実家——ロイグ公爵家に戻る、という選択肢もあるけれど……。

随分前に一言二言社交的な挨拶を現公爵であるお父様と話した以外、家族との交流はない。

私がエドワード陛下の婚約者になったのが、もう十年ほど前だから、それ以来ずっと公爵家には帰ってないわけで。

あの家に帰ったところで、私に居場所があるとは思えない。

そもそも家族の交流すらないのに、一度婚姻を結んだ私——しかも子供も産んでいない身——

には、貴族の娘としての利用価値もないから。

となると、離婚するとしても、私は私の居場所を探さなければならない。

加えて今私に仕えてくれているマーサやメイカをどうするかも考えなければいけないわ。

うーん、どうしようかしら。

それに、離婚したら、イーディスの料理は食べられないのね……。

それは辛いわ。

かといって、好きでもない人とずっと結婚生活を続けるのもそれはそれで辛いし。

また、恋心が復活しても面倒だし。

「うーん、困ったわ」

考えても、いい案はなかなか浮かばなかった。

「まぁ、いいわ！　また今度考えましょう」

とりあえず、いい案が浮かばなかったので考え事はやめて、お昼寝をしようとすると……。

「リュゼリア様、今お時間よろしいでしょうか？」

「ええ、構わないわ。どうしたの？」

むくりと起き上がってマーサを見る。

マーサは真剣な表情で私を見つめていた。

「実は先ほどの言葉が聞こえてしまい……」

先ほど……って、何だろう。マーサたちに関係することと言えば、離婚かぁっていったことかしら。私の離婚は、仕えてくれているマーサたちにとっても重要だものね。

そう考えながら、続きを促す。

「私共は、リュゼリア様に生涯お仕えしたく存じます」

私に、生涯仕えるって……。

「ええと、マーサ、それは……」

「はい。芸に秀でている者もおり、自分自身で身を立てることが可能です。ですので、もし、リュゼリア様が他の地に行くことがあったとしても――お供をさせていただきたく」

つまり、離婚や何かでこの城を離れることになったとしても、ついてきたいってことよね。

「でも、私はそういってもらえるようなこと……」

ちゃんとできていたかしら。

できていなかった気がする。

恋をしてから、自分の想いをどうしたらわかってもらえるかばかりで。

イーディスの献身に気付いたのも、つい最近だし。

「いいえ、リュゼリア様。あなた様はいつも私共を気遣ってくださいました」

マーサは、私の手を握った。

「私自身が気付かないほどの不調にもすぐに気づき、医師を手配してくださったり、髪を切った際にも必ずお声がけくださったり……、お礼を言うときはいつも目を見てくださったり」

「そんなの、主《あるじ》として当然のことじゃない」

別に褒められるようなことでもないと思うわ。

「いいえ。その行動一つ一つが、私共を支えてくださり、今の私共があるのです」

「……マーサ」

「そんなリュゼリア様にお仕えできることは、私共の誇りです」

そうでしょう？　とマーサが振り向く。マーサの後ろには、メイカやイーディスを始めとした面々が揃っていた。……って、えっ⁉　イーディスまで⁉⁉⁉

「私たちは、常に王妃殿下のおそばに」

「……みんな」

じわり、と涙が滲む。

そんな風に思ってもらえたなんて、とても嬉しい。

「王妃殿下のどんな選択でも、私共は従います」

「……ありがとう」

……とは、言ったものの。

マーサたちにはひとまず下がってもらい、ソファに腰掛ける。

「そもそも、どうするか決めてないのよね」

離婚するか、別居するか、それともこの結婚生活を続けるのか。

でも、どんな選択をするにしろ、それを応援してくれる人がいる。それってとっても素敵で幸福なことだわ！

今は、この幸せを噛み締めて――。

「失礼致します、王妃殿下」

「？　メイカ、どうしたの？」

下がってもらうように言ったのに、やってきたということは、何かあったのかしら。

「陛下がお見えですが、いかがなさいますか？」

「……陛下が？」

えっ、ええー。

エドワード陛下といえば、朝食会でビンタをして以来だ。

つまり、何が言いたいかと言うと、めちゃくちゃ気まずい。

どうしようかしら。

「……そうね。ここはひとつ、体調不良――」

「見るからに元気そうだが、どこか不調なところでも？」

「……陛下」

って、いやいやいやいやいや。なんで、エドワード陛下がこの部屋に無断で入ってきてるの？

ちらり、と扉に視線をやると、顔を真っ青にした衛兵がいた。

……なるほど、そういうことね。

エドワード陛下は、この国の主人であると共に、この城の主でもある。

彼に開けろ、と言われて開けられない部屋はない。

……でも。

「女性の部屋に無断で入られるのは、いかがなものかと」

まっすぐエドワード陛下を見つめる。もう、私がおみまいした手形は、消えていた。

「ああ、それは悪かった」

全く悪く思ってなさそうな顔でエドワード陛下は鼻を鳴らした。

「それで？　体調が悪いのか？」

「はい。たった今悪くなりました」

無断で部屋に入ってくる誰かさんのせいでね！　なーんて、ことは流石に不敬罪になるので言えないけど。

「……そうか」

エドワード陛下は、どかっと私と向かい合わせのソファに座った。

「……陛下？」

えっ、なになに。何がしたいの？

怖いんですけど。体調悪いって言ってるんだから、帰ってくれないかしら。

「いや、私の妃の見舞いでもしていこうかと思って」

本当に私の体調を気遣う気とかゼロよね、これ。そもそもエドワード陛下が来たのは、きっと何かしらの用件があったのよね。それが終わるまでは、帰る気なんてないってことかしら。

……仕方ない。

私はため息がつきたくなるのを抑えて、メイカにエドワード陛下用の紅茶を淹《い》れるように頼んだ。

「……それで」

「それで？」

メイカが紅茶を持ってきたのを確認して、エドワード陛下に話しかける。

「どういったご用件でしょうか？」

「妻を訪ねるのに、理由が必要か？」

まさかの、特に意味はないけど来たってこと？　わざわざ部屋に入って来てまで？

エドワード陛下の考えがさっぱりわからないわ。

それとも、やっぱりビンタの件かしら。

頭の中で様々な考えが浮かんでは消えていく。

「一度もいらっしゃったことはなかったと記憶しておりますが」

婚約者だった頃はそれなりに行き来もあったけれど、結婚してから一度もなかった。

「……っ、それは」

エドワード陛下は言った。私の夫も、私が恋い慕うのもエドワード陛下だけだと。

でも、そもそも夫としての役割を今まで果たして来ずに、なんで今更私に構うの？　というのが、私の気持ちだ。

「それとも、何か、理由がおありですか？」

今更、私を気にする理由。そして、今まで私を放っておいた理由。

まぁ、今更知ったところで、もう私はエドワード陛下のことなんとも思わないけれど。

あ、でもこのままだと一年後に復活するのだったわね。

「私は――リュゼリア、君を愛しているんだ」

「…………………は？」

思わず、間抜けな声を出してしまった。

愛してる、って、私が知っている意味以外に意味、あったかしら？

「だから、私は君を愛しているんだ」

「いいえ、聞こえておりますが」

愛してる。以前の私なら飛び上がって喜んだ言葉でしょう。その言葉だけで、今までの行動すべてを、なかったことにできたかもしれない。

「では、アイリ嬢は？」

「言っただろう、アイリと私はそんな関係ではない」

「いいえ。アイリ嬢を城に呼び寄せ、足繁くその部屋に通う理由です」

エドワード陛下が、アイリをこの城に迎えた時に再三尋ねたことだった。それでも、エドワード陛下は理由を教えてくれなくて、いつしか、理由を聞くことさえ諦《あきら》めてしまった。

「ぐっ……それ、は……」

「言えませんよね。だって、いつも教えてくださらなかったんですもの」

つまり、エドワード陛下の語る愛は、その程度なのではないかしら。

同様に私の恋心も薬で消える、その程度だったのかもしれないけれど。

まぁ、もうすべては過去のことだわ。

「だが、私は本当に――」

「陛下のお気持ちはよくわかりました。ありがとうございます」

もう少し早くその言葉が聞きたかったたし、その言葉が聞けなかったとしても、愛されている、と感じられる行動が欲しかった。

「ですが陛下、質問です。私とアイリ嬢が泣いているとします。陛下はどちらを助けますか？」

「そもそも君は泣かないだろう」

泣かないのではなく、あなたの前で泣けないのだけれど。

「仮定の話です」

「それは、アイリに決まっているだろう。彼女の方が、立場が弱いのだから――」

なるほど、弱きを助ける。王らしい回答かもしれない。実際、今までアイリを優先していたものね。

「……そうでしょうね、わかりました」

つまり、エドワード陛下の愛、とは、私が離れていきそうになったから、それを惜しんだだけだ。

私はベルを鳴らして、マーサを呼び出した。

「お客様のお帰りよ。お見送りしてちょうだい」

「かしこまりました。では、陛下こちらへ」

「まだ、話は――」

エドワード陛下をまっすぐ見つめる。

「それは、どちらのあなたの話ですか？　王として、それとも夫として？」

翡翠の瞳も、私を見つめ返した。

「夫としてだ！」

「でしたら、それこそ話すことはもうございません。愛しているとのこと、ありがとうございます。ですが――」

私は出来うる限りの最高の笑みを浮かべた。

「あなたを愛したリュゼリアはもう、死んだのです」

そう、私は死んだ。

あなたに愛されたくて、愛されなかった私はもう、どこにもいない。

「では、陛下。ごきげんよう」

「……っ、まだ話は終わってない」

「そのやりとりは、先ほどしたはずでは？」

そして、夫としてのエドワード陛下には、もう話すことなどないと、はっきり伝えたはずだわ。

「リュゼリアは、私を……！」

「はい、もう愛しておりません」

私は、ふふ、と微笑み、エドワード陛下を見つめた。

「私、ずっと苦しかったのです。苦しくて苦しくて、死にたかった」

「！」

エドワード陛下が目を見開いた。それに構わず、私は続ける。

「いつになっても白い結婚のまま、放っておかれるのも、何度理由を尋ねてもただの幼馴染だから、と他の女性をおそばに置かれるのも。視線さえ、一度も合わなくなったのも。全部、全部苦しかった。……だから」

まるで、水の底にいるような気分だったから。

そんな私を、私は殺した。

「だから、私は死ぬことにしました。そして、エドワード陛下が求められている、『あなたを愛する私』は、死んだのです」

……と、ここまではっきり言えば、伝わるかしら。

「これ以上、夫としてのあなたに話すことはございません」

「待ってくれ、リュゼリア。君がそこまで追い詰められていたなんて、私は、何も……」

「あら、伝えれば何か変わりましたか？」

そうだ、伝えれば何か変わったのなら。

「お願いしても、食事の間に今までいらっしゃらなかったのは、なぜですか？」

「っ、それは……」

「何度もアイリ嬢を呼び寄せた理由を尋ねても、教えてくださらなかったのは、なぜですか？」

「……っ」

「そして、今もこれらの疑問に答えてくださらない。それらすべてが私が死んだ理由です」

「私は……私、は」

呆然と立ち尽くすエドワード陛下に、あぁ、それから、と付け加える。

「先ほどの質問の答えで、アイリ嬢は私より弱いから、とおっしゃいましたが、私の城での立場が今やアイリ嬢より弱いこと――知っていましたか？」

「！」

「白い結婚かつ公務しか顔を合わせない私と、足繁く通うアイリ嬢。家臣たちにとって、どちらを優先すべきか、なんて決まっておりますもの。ご存じでしたわよね！」

ぱん、と手を叩く。

「……では、話は今度こそ終わりです。さぁ、お客様、お帰りになって」

マーサに視線をやると、マーサが頷いて、ふらふらしているエドワード陛下を部屋から出してくれた。

……ふぅ。

それにしても、言いたいことを言いすぎちゃったかしら。

ふと、窓に目線をやる。
幼い頃、エドワード陛下と何度か散策した中庭が見えた。
でも、そこに植えられているのは、あの頃とは全く違う花ばかり。
「そうよね、時間は過ぎるわ」
過去に戻りたいと思っても、もう、戻れない。
前に進むしかないのだ。
薬師に言われた言葉が蘇《よみがえ》る。
『そんな相手から離れることですね』
もう、あんな苦しい思いはしたくない。
そのために、私はどうすべきかしら。

閑話◆いつから君は（エドワード視点）

「私は……私、は」

自室に戻り、呆然と同じ言葉を繰り返す。

「ただ君のために……それが、間違っていたのか……？」

そう、全てはリュゼリアのため。そのはずだった。

私は、元々、五歳で死ぬはずだった。そう、兄王子たちを苦しめたのと同じ病だ。けれど、アイリのおかげで生き延びた。アイリには感謝している。そのおかげで、リュゼリアの婚約者になれたのだから。

初めて会ったリュゼリアは、不安そうな顔をしていた。

無理もない。

元々婚約者としてその場にいるはずだったのは、完璧王子として有名だったダルク兄上だったのだ。

それがリュゼリアよりも二つ年下で、継承権が低いからと辺境に追いやられていた私になった。

それでも、不安そうな君に、少しでも笑って欲しくて、私はその手を握った。

「リュゼリア嬢、兄上の代わりにはなれないけれど。私は私なりに、精一杯あなたの婚約者として務めるよ」

そう言った時、リュゼリアは確かに微笑んだ。

その笑みを見て、確信した。

あぁ、私はこの人に出会うために助かったのだと。

それからの私たちは順調だった。

もちろん、辺境の男爵領で育った私は、世俗に疎《うと》い部分もあり、家庭教師の手を焼かせたこともあった。けれど、そんな日は決まって、リュゼリアが私の手を握ってくれた。

こんな自分が情けない。そう愚痴をこぼしたこともある。

それでも、リュゼリアは、

「いつもエドワード殿下は、私たちは夫婦になるのだから、と私を助けてくださいます。だから、私もあなたを支えます」

そう言って、そんな私を受け入れてくれた。だから彼女に私は何度も恋に落ちたのだ。

――そして、そんな彼女に幸せを捧げたい。

自然とそう思うようになった。

そして、その思いは、私の目標であり、生きる意味になった。

完璧王子と謳われた、ダルク兄上ですら、リュゼリアにあげられなかったほどの幸福を、リュゼリアに渡したかったのだ。

幸せにしたい。

始めは、そのはずだったのに。

「いつから、私は……」

私が間違えてしまったのは、きっと。

――時は五年前に遡《さかのぼ》る。

五年前、その検査をしようとしたのは、ほんの気まぐれだった。

わたしの思い描く幸福とは、愛する人がいて、愛する人との子供がいて、守るべき国があって。

それが、幸福なのだと考えている。

だから。

ひょんなことから耳にした言葉が胸に残った。

「近頃は、男性が原因の不妊もあるらしい」

会話の一つ、何気ないその言葉。

愛する人との子供、つまり、リュゼリアとの子供は、とても可愛らしいに違いない。だから、私のせいで生まれない可能性はゼロなのだと証明したかった。

万一リュゼリアに原因があり、子が望めないなら、子は傍系からとればいい。

でも、私のせいで、子がなせないのは、許されない。

だって、そうでなければ、私は兄上を超えられない。兄上以上の幸せを、リュゼリアに与えられないから。

――だが。

「……は？」

「ええですから、今のままですと、陛下にお子が生まれる可能性はゼロかと」

私には、子種がないらしい。

そう聞いた時、どれほど絶望しただろうか。

「原因として考えられるのは、やはり幼い頃患《わずら》われた病でしょう」

その日から、リュゼリアの前で、うまく、笑えなくなった。

心の中で、どうしよう、という思いばかりが渦巻き、顔が引き攣《つ》ってしまうのだ。

リュゼリアに、幸せを与えられなければ、リュゼリアはダルク兄上のほうが良かった、と思うんじゃないか。

私と婚約するんじゃなかったって、後悔されたら。

いや、リュゼリアは、そんなこと……。

でも、兄上なら。

いや、そもそも、兄上だって同じ病になったわけで、兄上だって無理だったに違いない。

でも、完璧だった兄上だったら、他に方法を探し、なんとか自分の血を繋げるだろう。

どうやって……、どうしたら。

頭の中で様々な考えが浮かんでは消えていく。

リュゼリアに、正直に話す、という選択ははなから存在しなかった。

だって、兄上ならリュゼリアに話す前に解決しただろうから。

それから、結婚までの三年、様々な医者にかかった。口封じの謝礼を弾《はず》み、手当たり次第治療を受けた。

けれど、一向に良くならない。

結婚まで、あと三ヶ月をきったある日。

思い出した。

私を、病から救ってくれた幼馴染——アイリの存在を。

アイリは、私を不思議な力で救ってくれた。

だから、きっと、アイリなら。

まず、アイリに手紙を書いた。

私の現状や、リュゼリアのこと、そして私の悩みのこと。

アイリは、すぐに返事をくれた。

私で力になれることなら、喜んで、と。

一つだけ条件を提示された。私が即位したら、アイリも城に住まわせて欲しいというのだ。

確かに、彼女の実家である男爵家の領地は、王都から遠く、治療のために通ってもらうのは、手間だろう。

それに、アイリはそもそも私の恩人なのだから、無碍《むげ》にする理由もない。

私は了承の返事を出した。

そうしているうちに、三ヶ月が経ち、リュゼリアと結婚すると同時に、即位した。

「エド、久しぶり。元気だった？」

そう言って、はにかむアイリはあの頃の幼さを残した顔立ちをしていた。

「すまないな、私の都合で呼び寄せて」

「ううん！　わたしもエドに会いたかったの！　だって、エドは……」

「？　私がどうかしたか？」

ううん、なんでもない、と首を振ったアイリは、そういえば！　と笑った。

「エドの奥さん、とっても綺麗だったね」

「あぁ。リュゼリアは、私の女神だからな」

「っ！　そっか」

しばらく、他愛もない話をした後、アイリに改めて私の悩み、つまり子種がないことを打ち明けた。

「うん、わかったよ。頑張るね！　……でも」

「アイリ、どうした？」

私が首を傾げるとアイリは、背伸びをして、私の頭を撫《な》でた。

「アイリ……？」

「エド、よくがんばりました。一人で悩んで辛かったね」

「……っ！」

これも全てはリュゼリアのため。そう思っていたからこそ、今まで治療を受け続けたし、わざわざアイリも呼び寄せた。

だから、一人で抱えていた。

そんな私に、アイリは、頑張ったね、と言ってくれたんだ。

本当は、ずっと。

他でもないリュゼリアにそう言って欲しかった。

事情を知らないリュゼリアから聞けるはずのない言葉を、私はずっと求めていた。

「……ありがとう」

「ううん。エドは頑張り屋さんだから……心配だったんだ。でも、でもね、もう大丈夫だよ。私が幸せにしてあげる」


それから、アイリとの治療の日々が始まった。

私以外にもアイリは不思議な力で病や怪我を治したことがあったようだ。

「でもね、エドみたいにすぐに治る人ばかりじゃなかったの。治療に時間がかかる人ばかりだった」

今までアイリが治療した人の中で最長は三年かかったという。

……三年か。

長いな、と思った自分を否定する。

三年、私は一人で足掻いたのだ。あと、もう三年くらいわけないだろう。

それにこの病が完治すれば、私は今度こそリュゼリアを幸せにできる。

「エド？」

「あっ、ああ……すまない。考え事をしていた」

「大丈夫だよ。もしかしたら、エドはもっと早く治るかもしれないし！」

……そうだな。そうであってほしい。

「それで、アイリ。どうしたらいい？」

「手を握るだけだよ。はい！」

アイリから差し出された手を取る。

リュゼリアの手よりも、小さなその手。

「どう、よくなった感じする？　体が熱くなるような感覚は？」

「……わからない」

私が首を振ると、アイリはそっか、と手を離した。

「気長に行こう！　……って、奥様のことを考えたら早い方がいいよね」

「いや、ありがとう。少し気が楽になった」

その日から時間を見つけてはアイリを訪ねるようになった。


——そんな日々を続けて二年。

最近、少しずつアイリの手を握ると、体が熱くなるようになってきた。

　あと、もう少しなのだと、感覚でわかっていた。

　それなのに……。

「リュゼリアは、もう、私のことなどどうでもいいのか？　リュゼリアは……」

　あんなに頑張ったのは、一体なんのためだったのか。

　リュゼリアにただ、幸せを与えたかっただけなのに。

「……リュゼリア」

　呆然とその名を呼ぶと、リュゼリアの言葉が蘇った。

　――私、ずっと苦しかったのです。苦しくて苦しくて、死にたかった。

「っ！」

　リュゼリアは、死にたかったと言ったのだ。

　死すらも、選択肢に入るほど苦しかったと。

　でも、私は……。

「エド！」

「…………アイリ」

　名前を呼ばれてのろのろと顔をあげると、アイリが立っていた。

「どうして、君が私の部屋に……？」

「そんなことは、今はどうでもいいわ！　それより、エド！」

　アイリはつかつかと私の方へ近づくと、私の頬をその手で包んだ。

「ねぇ、エド。何があったの？　……顔が真っ青よ」

「……それ、は」

「わたしじゃ、力になれないかな？」

そうだ、アイリなら。私の命を救ってくれたアイリなら、力になってくれるかもしれない。

私は、リュゼリアに言われたことをすべて、話した。

「……なるほどね」

アイリは、大きくため息をつくと、私を見つめた。

「王妃様のそれ、ほんとに信じたの？」

「……アイリ？」

エドは本当に純粋さんだなぁ、と微笑んでアイリは続けた。

「きっと嘘よ、嘘。エドの気が引きたかっただけだわ」

「だが、私がリュゼリアを――」

死にたくなるほど、苦しめたんじゃ……なかったのか？

「ううん、大丈夫よ。エドはなんにも悪くない。ねぇ、エド。わたしにいい考えがあるの」

第三章

物理的に、エドワード陛下と離れるため、何をすべきか考えた私は、まず、お父様に手紙を書くことにした。

しばらく公の場で一言二言交わすだけの関係になってしまった、私と家族。

今の私に貴族としての利用価値があるかは、微妙なところだけれど。

あとは、家族の情を信じるしかない。

これで無理そうなら、いっそ、私個人の資産を持って、マーサたちと一緒に旅に出ようかしら。

イーディスの美味しい料理でレストランを経営するのも楽しそうよね。

「……ふふ」

「リュゼリア様？」

未来を想像し、急に笑い出した私に、マーサが不思議そうな顔をした。

「いえ、何でもないわ。それよりも、手紙の件、お願いね」

「はい。かならずロイグ公爵閣下にお届けするよう、手配しますね」

「ありがとう」

夕食は、自室で摂ったし、お風呂にももう入った。

ひとまず、今日は寝ようかしら。

そう思っていたときだった。

神妙な顔をして、メイカがやってきた。

「……王妃殿下」

「どうしたの？」

「その……エドワード陛下がお見えです」

!?

なんですって……。

あんなにはっきり、きっぱり言ったのに、まだ伝わらなかったのかしら。

「今日は、もう遅いから明日にしてもらえないか、交渉してくれる？」

「それが『重要』な話だから、どうしても今夜話したいと」

重要、な話ね。

少しは私の想いが伝わった上での話だったらいいけれど……。

国政の話、は重鎮たちと話すだろうし、絶対私的な話であることは確実。

その上で、重要、ということは。

頭の中で、ある一つの可能性が浮かぶ。

もし、そうだったら。

……いえ、とりあえず、話を聞いてみないことには、判断ができないわね。

「……わかったわ。お通ししてちょうだい」

「かしこまりました」

メイカが深く腰を折って、礼をする。

その姿を見送ってから、はぁ、と深く息をついた。

見苦しくない程度に、支度を整え、エドワード陛下と対面する。

「ごきげんよう、陛下」

「……あぁ」

エドワード陛下は、何か書類を持っていた。

「今日、君に言われたこと……、私なりに考えた」

「！」

良かった。ちゃんと考えてくれたのね。

「ありがとうございます」

「……それで」

エドワード陛下は、すっと、書類を、机の上に置いた。

「……これは」

その書類を見る。

今の私が一番望んでいたもの――つまり、離婚届だった。

「君を、解放する」

解放する。

そう言われて様々な思い出が、私の中を駆け巡った。

エドワード陛下と出会ったこと。

中庭で手を繋ぎながら散策したこと。

王妃教育に耐えられそうにない、と零した愚痴を黙って聞いてくれたこと。

――でも、すべては過去のこと。

過去になってしまったこと。

私は、ペンを持ち上げ、そこに署名をしようとしたときだった。

「ちょっとまった！！！」

「なりません、ロイズ様！！！」

聞き覚えのある声と、マーサと思わしき声に、手を止め、振り返る。

「王妃殿下、緊急事態とはいえ、御部屋に無断で入ったこと、大変申し訳ございません」

振り向くと、エドワード陛下の側近……ロイズ殿が、滝のような汗を流しながら、平伏していた。

「緊急事態……？　どうしたの、ロイズ殿」

「実は、書類整理をしていたところ、ある書類が、行方不明になっていることがわかりまして」

私は、机の書類に視線を落とした。

「それは議会での承認を得なければ、決して使えない書類なのですが、重要な書類なので防犯の観点より、城中を探しておりました」

「……そういうこと」

確かに、この書類――王と王妃の離婚届は、議会の承認がないと使えない。

持ってきたということは、承認済みかと思ったのだけれど……。

「エドワード陛下」

私がその名を呼ぶと、今まで黙っていたエドワード陛下はびくり、と体を揺らした。

まるで、叱責を恐れる子供みたいだわ。

怒りはしないけれど。

「ロイズ殿、陛下はお疲れのようよ。部屋までお連れしてくれる？　それから、お探しの書類はこれかしら」

私は立ち上がり、平伏したままだったロイズを立たせ、書類を渡す。

「はっ！　王妃殿下には、大変ご無礼を……」

「いいわ。あなたに免じて今回は許します」

「……リュゼ――」

「マーサ、お客様のお帰りよ。間違えて大事な書類が部屋に入らないように、きちんと、お見送りしてちょうだい」

縋《すが》るような瞳で、エドワード陛下が私の名前を呼びかけたけれど、それを遮るようにマーサに指示を出す。

「……はぁ」

残された私はため息をついた。

承認を得ていない書類を持ってきたということは、エドワード陛下は、きっと、私を試そうとしたのだ。私が、彼に縋るかどうか。

「――私なりに考えた、ね」

まさか、こんなに何一つ私のことを考えてくれてないとは思わなかった。

結局、エドワード陛下は自分やアイリが一番大事で、私のことは本当にどうでもいいのね。

落ち込みかけた気分を、頬を軽く叩いて、吹き飛ばす。

そうよ、別に誰かに溺愛されなくてもいい。

私が私を溺愛すれば、それでいいのだから。

◇◇◇

（ロイズ視点）


「陛下」

俺は情けなくなりながら、敬愛すべき親友であり、この国の主を見つめる。

「『私』の具申を聞き入れてくださったのではなかったのですか？」

「……ロイズ」

うめくように名前を呼ばれたが、俺の方が、うめきたかった。

俺は何度も何度も言ったはずだ。王妃殿下には事情を話すべきだと。

そして、それをエドワードも聞き入れたはずだった。

だから、安心して送り出したのに。

「どうして、離婚届など……」

「それは……そうすれば、リュゼリアの気が引けると思って……」

……気が引ける、ね。

「陛下、私は申しました。重鎮たちを抑えるのも限度があると」

「！」

「その中には、もちろん、王妃殿下のご実家——ロイグ公爵家も含まれているのは、ご承知だとは思いますが」

ロイグ公爵家。王妃殿下の実家であり、国内有数の高位貴族だ。

「万一、今回のことがロイグ公爵閣下に知られるようなことがあれば……」

俺としては、エドワードを応援したい。エドワードがどれだけ王妃殿下のことを好きで、治療のために努力したかを聞かされていたから。

でも、エドワードの親友であると同時に俺は、陛下の側近でもある。つまり、国の行末を見守る責任がある。

「陛下が、王妃殿下を愛してらっしゃるのも、アイリ嬢を治療目的のためだけにそばにおいていらっしゃるのも存じ上げていますが」

エドワードは黙って俺の話を聞いている。

「今一度、ご自身の役割と、王妃殿下のお立場をお考えいただけませんか？」

ただの夫婦ならいい。どれだけすれ違おうと、それは夫婦内の話で片がつく。だが、エドワードは一国の主。

国王夫妻のすれ違いは、ただのすれ違いですむ話ではない。その上、王妃殿下のご実家は有力貴族ときた。

エドワードがアイリ嬢を囲っているというのは、この城に勤める者なら周知の事実。

後ろ盾のはずのロイグ公爵家をこけにし、王妃殿下を蔑《ないがし》ろにする行為を、公爵閣下が放っておくはずもなく。

今まで幾度となく、王妃殿下を、手元に戻す……つまり、エドワードと離縁させようとしてきた。

恩着せがましくするつもりはないけれど、それでも今なお、離縁が成立していないのは、俺の頑張りの成果だ。

「もう、ダルク殿下の亡霊に囚《とら》われずとも、よろしいのでは。王妃殿下は、あなたを愛しておいでしょう」

「……リュゼリアは、私をもう愛していないらしい」

「……は？」

そういえば、今朝無理やりキスを迫って引っ叩かれてたな。

「もう、リュゼリアから熱を感じない。離婚届も、素直にサインをするところだった」

それは……。ついに、王妃殿下も愛想を尽かしたということか。

俺は、ため息をつきたくなるのを抑えて、エドワードを見つめた。

「陛下、退位される気はおありですか？」

◇◇◇

「うーん」

ベッドの上で大きく伸びをする。

うん、今日も良く寝た。

昨日一日で様々なことがあったから眠れないかと思ったけれど、案外、眠れるものね。

……私ったら、図太いのかも。

そんなことをつらつらと考えていると、マーサがやってきた。

「おはようございます、リュゼリア様」

「おはよう、マーサ」

マーサと他愛ない話をしながら、支度を整えるのを手伝ってもらう。

「じゃあ、行ってくるわね」

支度を整え終わり、食事の間へ。

あれだけのことがあって、エドワード陛下と顔を合わせるのは、若干どころかかなり気まずいけれど、自室に運んでもらうと時間がかかって、料理が冷めてしまう。

イーディスがせっかく用意してくれた食事は、万全の状態で食べたいので、勇気をもって、扉を開ける。

「……あら」

すると、エドワード陛下はいなかった。

……エドワード陛下も気まずかったのかもしれないわね。

そんなことを考えながら、席につくと、ほどなくして朝食が運ばれてきた。

とっても美味しい朝食に舌鼓を打って——もちろんイーディスに感謝を述べることも忘れずに——今日は、最高のスタートを切った。

これで一日頑張れそうね。

朝食を終えて自室に戻ると、マーサとメイカが笑顔で出迎えてくれた。

「王妃殿下、ロイグ公爵閣下から面会の日程調整の連絡がきております」

「！」

お父様は手紙を読んでくれた……ってことよね。

「ありがとう。そうね……明日の午前はどうかと打診してみて」

「かしこまりました」

これで、お父様が議会に離婚を提案してくれたら今度こそ、私はエドワード陛下から離れられる。

そして……離れたら、何をしよう。

恋は今はまだする気にはなれないけれど。

いつかは、恋をしてみたい。今度こそ幸せな恋を。

あら、でも期限は一年で薬の効果が切れちゃうから、それまでになんとかしなくっちゃいけない。絶対に一年以内に恋をしなきゃ！

他には？　何をしたいかしら。

イーディスや、メイカ、マーサと一緒に女子会とかしてみたいわね。

きっと楽しいと思うの。

その他には、他国にも行ってみたいわ。

この国での公務ばかりで、他国に行ったことがほとんどないのよね。

「王妃殿下」

「今度はどうしたの？」

「薬師が来られていますが、どうされますか？」

……そういえば。アキルが一日につき一つ、質問をしに来るって言ってたわね。

色々ありすぎて、すっかり忘れていた。

特に急ぎの公務もないので、通してもらう。

「おはようございます、王妃殿下」

「ええ。おはよう、アキル殿」

アキルは恭しく礼をすると微笑んだ。

「お時間を作っていただき、感謝いたします。今日の質問ですが……」

昨日は確か好きな色を聞かれたのよね。

「王妃殿下の一番大切な想い出はなんですか？」

大切な想い出……。

もっと一言で終わるようなことを聞かれると想像していたから、驚いたわ。

でも、そうね。

一番大切な想い出なら、決まっている。

「星を、もらったことかしら」

「……星、ですか？」

ゆっくりと瞬《まばた》きをしたアキルに、頷く。

「私が陛下の婚約者に正式になって、この城に来る前日に、父が星をくれたのよ」

私は、椅子から立ち上がると、引き出しを開けた。

そこには、青く光る星形の宝石が入っている。

光にかざすと、星はより輝きをまし、遠い記憶を呼び覚ます。

「星は、温度によって色が変わるのですって。青い星は、最も温度が高いらしいわ」

——いいかい、リュゼリア。

お父様は、私に星を握らせると、囁いた。

——お前は、お前だけの星を必ず見つけるんだ。

「お父様は青い星を探せと、言ったの。一番熱を持っていて、私が一生追いかけ続けられる高い目標を」

——だけど。

「私は、その目標を見失ってしまった」

エドワード陛下に恋をしていた当時の私は、エドワード陛下こそ、私の星……生涯の目標だと考えた。

エドワード陛下を傍で支え、国の繁栄に尽くし、そしていつかはエドワード陛下との未来を繋いでいく。

……そんな目標。

けれどその願いは叶わなかった。

「ねぇ、アキル殿」

「なんでしょう?」

「あなたには、本当に感謝しているの」

私は、ずっと見失った星に手を伸ばし続けていた。

でも、一度見失ったものは、もうどこにあるのかわからなくて。

ただ、宙を掻くだけだった。

「あなたのおかげで、私は新たな星を探しにいける」

アキルに微笑む。

私がかつて焦がれたあの星には、もう届かなかったけれど。

新たな道は示された。

「……王妃殿下」

「改めて、ありがとう。私、今度こそ見つけてみせるわ」

私だけの星を、必ず。

眩しそうに目を細めたアキルに首を傾げる。

「……アキル殿?」

「……いいえ。では、王妃殿下と私は、探しもの仲間ですね」

「ふふ、そうね」

仲間、と言われるとくすぐったい感じもするけれど。

「では、王妃殿下」

「待って」

立ち去ろうとした、アキルを引き止める。

「いかがなさいました?」

案の定、アキルも不思議そうな顔をしていた。

「あなたの……あなたの好きな色も知りたいわ」

そもそも、この質問に答える時間は、アキルへのお礼として設けている。それなのに、私が質問してどうするの、とも思うけれど。

なぜだか、何かを聞きたくなったのだ。

咄嗟に色が出てきたのは、昨日された質問だからだろう。

「紫……でしょうか」

まっすぐ私を見つめながら放たれたその言葉を残して、アキルは恭しく礼をし、今度こそ退出した。

「……紫、ね」

そういえば紫の星って、何か意味があったような気がするけれど。なんだったかしら。

私の目も紫だから、お父様が何か言っていたような。

「まぁ、いっか」

それよりも、明日ね！

この面会に全てがかかっているといっても過言ではない。

今日は、どこも出歩かず、明日に備えて早く寝ましょう。


……さて。ついに今日が来てしまった！

「王妃殿下？」

「……緊張しているの」

なぜかは言うまでもない。マーサも察してくれたようで、頷いた。

「きっと、大丈夫ですよ」

「……そうね」

なるようにしかならないもの！

それに、そろそろ朝食の時間だわ。

イーディスがせっかく美味しく作ってくれた朝食を味わって食べなくっちゃ。

「行ってくるわね」

「はい。いってらっしゃいませ」

——食事の間には、今日もエドワード陛下はいなかった。

ここ最近がおかしかっただけで、これが通常なので、特に気にはしない。

イーディスの料理は、とっても美味しかった。

今日も食材が奏でるハーモニーに、うっとりと酔いしれた後、自室に戻り、息をつく。

面会の予定時刻まであと少し。

メイカがミルクティーを淹れてくれた。

温かなミルクティーは、じんわりと私の心と体をほぐした。

「ありがとう、メイカ」

「いいえ。お役に立てたなら、幸いです」

……と丁度そこで、マーサがやってきた。

「ロイグ公爵閣下がお見えです」

「ありがとう。通してちょうだい」

お父様とまともに話したのは、星の宝石を貰ったとき以来だ。

でも、大丈夫。きっと、大丈夫よ。

わりと落ち着いた気持ちで、お父様と対面する。

「王妃殿下、この度はお時間をいただき、ありがとうございます」

「こちらこそ多忙の中足を運んでくださりありがとう、ロイグ公爵」

お父様の瞳を見つめる。

私とおそろいの紫の瞳はゆらゆらと揺れていた。

そっと、人払いの合図を出す。

マーサたちが、静かに消えた。

「手紙を……拝読いたしました」

静かなお父様の言葉に、ごくりと喉を鳴らす。

「私は……」

お父様は、そこで言葉を切り、私を見つめた。

「王妃殿下……いや、リュゼリア。私はこの婚姻がお前のためになるのだと信じていた」

「……お父様」

知っている。お父様が、私の幸せを願ってくれていたこと。あの星は、その証だ。

「……だが、そうではなかった。そうとわかったときに、もっと強く声をあげるべきだった。我が家から王妃を選出する誉《ほま》れよりも、お前の幸せを取れなかったこと、申し訳なく思う」

「いいえ。務めが果たせず、申し訳ございません」

例えば、私がもっと魅力的だったら。私にもっと勇気があったら。

エドワード陛下がアイリを囲ったり、白い結婚のままだったりはなかったかもしれない。

「この婚姻関係を続けることは、お前にとってもこの国にとっても不幸だ。議会には、今日中に掛け合おう」

「お父様……！」

ほっと息を吐きだす。

「あと少しだけ……そんな言葉に耳をかすべきではなかったな。リュゼリア、お前の居場所は、公爵邸にちゃんとある。安心して帰ってきなさい」


――そうお父様が約束してくれた、翌日の夕方。

私たち――私とエドワード陛下は議会の会議場に立っていた。

目の前の机にあるのは、一枚の紙。

議会での承認が降り使用可能になった、私とエドワード陛下の縁を断ち切るモノ……つまり離婚届だった。

「では、陛下、王妃殿下、サインを」

「っ……！」

唇を噛み締め、ぴくりとも動こうとしないエドワード陛下を横目に、私はさらさらとサインをした。

これで、エドワード陛下のサインがあれば、この書類は有効なものとなる。

しかし、エドワード陛下は一向に、動く気配がない。

まぁ、私がすべきことはやったものね。

あとは、エドワード陛下に任せて、会議場を出ようとしたそのときだった。

「私は……、私たちは夫婦になるのだから」

小さくこぼされた声なのに、不思議と耳に届いたのは、それが聞き慣れた言葉だったからだろう。

いつも、いつもエドワード陛下は幼い頃そう言っていた。だから、支え合うのは当然なのだと。

この二年間は、辛く苦しいものだったけれど、夫婦について学んだこともある。

私は振り返りエドワード陛下を見つめた。

「夫婦は信頼がなければ成り立たない。身をもって学ばせていただき、ありがとうございました」

きっと、私はエドワード陛下が信じるに値する妃になれなかったのだろう。そうでなければ、アイリ嬢を囲う理由も、頑なに庇う理由も教えてくれたはずだから。

捕まえられなかった、かつて焦がれた私の星。

今はもう、熱を失ってしまったけれど。

「幸せを願っております、心から」

笑みを浮かべる。これで、最後だ。かつて愛した人の記憶に残る顔は、笑顔でありたい。

深々と礼をして、退出する。

「リュゼ――」

私はもう、振り返らなかった。

◇◇◇

さて、これで元王妃になった私は、荷物を運んで……といっても王妃のものばかりなので、私物は少ない。そんな少ない私物をマーサ達に手伝ってもらって、荷造りをし、公爵邸へ向かう馬車に揺られていた。

日が落ち、窓の外には星が浮かんでいる。

「私だけの星は……どこにあるのかしらね」

以前はエドワード陛下という星が、鮮明に見えた。けれど、今は全く見えない。

だけど、不安には思わなかった。

それどころか、高揚感を覚えていた。

今日は帰って眠るだけになるだろうけれど。明日からは、何をしよう。

やりたいこと、ためしたいこと、たくさんあるわ。
私は、私らしく。
私だけの星を探すために。
期待に胸を膨らませながら、目を閉じた。

閑話◆どうやら私は（アキル視点）

薬の錬成をしながら、以前のように雑念がうまく掃えない自分に息を吐く。

「……おかしい」

そう、最近の私はおかしいのだ。

彼女の顔が、まるで頭から離れない。

――メグルスの王妃である、リュゼリア・メグルス。

彼女と出会ってから数日が過ぎていた。

何をしても……それこそ、寝ても覚めても、考えるのは彼女のことばかりだった。

なぜだかはっきり見える初めての人。

だからこそ、気になったし、その行く末を見守りたいと、そう思っただけだった。

それなのに。

「ああ、きっとあのせいだ」

――改めて、ありがとう。私、今度こそ見つけて見せるわ。私だけの星を、必ず。

そう言った彼女の強い紫の瞳が、それこそどんな星よりも輝いていて。

だから、より頭に焼き付いた。

眩《まばゆ》い彼女は、どんな選択をするのだろうか。

薬の効果は、一年で切れる。だから、苦しませる相手から離れることを、提案はしたが……。

――ふと、思った。

だが、それが本当に、彼女の幸せに繋がるのだろうか。

彼女は、恋心に苦しんでいた。それは、間違いない。

だから想いのために、疲れ切っていた彼女を放ってはおけなくて、薬を渡したことは後悔していない。

……だが。

あれほどまで愛した相手とやり直せるなら、それが一番いいのではないだろうか。

そうすれば、あの強い紫の瞳から、光が失われることはもう二度とないのでは。

「……あの薬も錬成しておくか」

――失った恋心を戻す薬。恋心を消す薬よりは、効果の発動は、ゆるやかだが、その分使用者の身体的負担が少ない。

彼女の強い瞳を思い出しながら、薬を錬成する。

本来なら、頭がまっさらな状態で錬成するのだが、やはり、どうにも、彼女のことが頭から離れなかった。

「でき、た……?」

薬瓶の中に入った、液体は銀色に輝いている。

それは、錬成に成功した証だった。

ほっと、息を吐く。

これで……彼女は幸せに——。

自分の中で浮かんだ考えに首をかしげる。

……それにしても、私はなぜ、これほどまでに、彼女の幸せを願っているのだろう。

苦しんでいる人を助けたい、と思うのはそれなりに誰しもが持ちうる考えだとして。

助けた後、幸せになってほしい、とまで思うことは、普通なのだろうか。

……少なくとも私は、今までにこんなことはなかった。

ふと、以前言われた言葉を思い出す。

『——いいこと、アキル。お前はいかにも鈍感そうだから教えてあげるわ。アキルが、誰かの幸せを心から願うとき、お前は……』

「恋を、している」

思わず、口を押さえた。

「……恋」

その感情を言葉にしたことで、ずっと燻《くすぶ》っていたものが、燃え盛るような熱を帯びた。

「……ああ、そうか」

私は、恋をしているのか。

リュゼリア・メグルス——その人に。

一度理解してみれば、簡単に納得がいった。

あの紫の、どんな星よりも眩い瞳が、見たい。

その光が失われることないように、見守りたい。

幸せになってほしい。

これらすべての願いは、恋心からきているのか。

もしかしたら、そんな風に初めて想う、特別な相手だからこそ、彼女の顔ははっきり見えるかもしれない。


――目の前の薬は、変わらず銀に輝いている。

この薬を使うことなく、彼女の幸せをつくるのが、私であればいいのに。

「我欲が強すぎるな」

想像した自分に苦笑して、息を吐いた。


その数日後、彼女は正式にメグルス王から距離をおいた。――つまり離婚した、というニュースがメグルス国中を駆け巡った。

心配と仄《ほの》暗い喜びが入り混じった複雑な気持ちで、公爵邸に戻った彼女を、質問という口実で訪ねると、彼女はあっけらかんと、微笑んだ。

「離婚してから、とっても楽しいのよ。改めてありがとう、アキル殿」

そういう彼女は、本当に楽しそうで、幸せそうで。

――私がもっとあなたを幸せにしたい。
そう、願うことは赦《ゆる》されるだろうか。
――たとえ、赦されなくても、そうしたいと思ってしまった。

第四章

カーテンの隙間から差し込む光に目を細め、カーテンを開ける。

窓もついでに開けると、心地の良い風が吹いてきた。

「リュゼリア様、もうお目覚めですか？」

振り返ると、マーサとメイカが立っていた。

「ええ。おはよう、マーサ、メイカ」

マーサとメイカは、こうして王妃ではなくなった今でも、あの宣言通り、私に仕えてくれている。

「朝食の用意はできております」

「ふふ、今日の朝食は何かしら。楽しみね。イーディスの料理はとっても美味しいもの！」

そして、なんとイーディスも王城の料理長なんていう素晴らしい地位を捨ててまで、私の下で働いてくれている。

王城を出て三日。私は現在、公爵邸の離れを利用している。

これは、別に他の家族と仲が悪いとか、外聞を気にして……とか、そういうわけではなく、私の希望によって、そうしていた。

数年ぶりの家族は、とても温かかった。

――お父様も、お母様も、弟も。みんな私を心配し、何より、出戻った私を、受け入れてくれた。

それなのに離れで暮らしている理由は単純で、元々の私の部屋が離れにあったからだ。

私は、幼少期より、『王太子の婚約者』になることが決まっていた。

そのための教育を施すのにまだ赤子だった弟がいる本邸よりも、離れの方が都合が良かったのだ。

だから、もちろん、今は離れにいる必要はないのだけれど。

そのままの状態で残してくれた――ただし、こまめに掃除を行き届かせていた――この場所は、確かに、家族からの愛を感じられる場所だったから。

……といっても、幼少の私の趣味に合わせて揃えられた部屋なので、今の私の好みとは若干異なる。

だから、より私好みの部屋に変えていきたいのよね。

そんなことを考えつつ、ダイニングへ。

ダイニングでは美味しそうな朝食が、並んでいた。

「いただきます」

今日もイーディスの朝食はとても美味しかった。

食事を摂り終わり、イーディスに感想を伝えた後、自室に戻ると、マーサが私に尋ねた。

「薬師殿がお見えですが、いかがなさいますか？」

「……そうね」

薬師——アキルは、こうして私が王妃でなくなってからも、私の元を訪ねていた。

探しものは、どうやらまだ見つからないみたい。

「応接室に通してちょうだい」

「かしこまりました」

応接室の扉を開けると、ふわり、と甘い香りがした。

「お待たせいたしました、アキル殿」

「いいえ。本日もお時間を作っていただき、感謝いたします」

恭しく礼をしたアキルの手には、赤い薔薇《ばら》を中心とした花束があった。

「花？　これから用事があるのですか？」

「いいえ。これは、あなたに。……ロイグ嬢」

スマートな仕草で、私に花束を渡し、アキルは微笑んだ。

「……ありがとうございます、アキル殿」

……赤。アキルの髪色を思わせるその花束からは、かぐわしい香りがする。

その花束を愛でながら、マーサに預けようとして、ふと、一輪の花が目に入った。……薔薇の隣に束ねられているこの花は、私たちの国では、珍しい花だった。

「……ロイグ嬢？」

思わずその花を見つめすぎていたようだ。

「お気に召しませんでしたか？」

「いえ、ただ……珍しいなと思いまして」

赤いその花——確かその名前はカーネーションだっただろうか——は、なぜかこのメグルス国ではほとんど栽培されていない。だから、この国に出回るとしたら、国花に設定している大国ルクトバージからの輸入くらいで……。

「……ああ。私もそう思って、花束に入れてもらったんですよ。私の祖国では、ありふれた花ですが、メグルスでは珍しいでしょう？」

……そういえば。

「アキル殿の出身は？」

アキルの出身がどこか、聞いたことがない。というか、この薬師について知らないことがほとんどで、知っていることのほうが少なかった。

「……ルクトバージです」

「！」

頭の中でかちりとパズルのピースがはまる。

「どうされました？」

アキルを見つめながらその名を呼ぶ。

「アキル殿……いえ、アキル殿下」

アキルが目を見開いた。

その反応を見て、確信する。

やっぱり、そうなのね。

「……さすがに、ばれてしまいましたか」

「ずっと、どこかの高貴な方だろうとは思っていましたが、まさかルクトバージの王族の方だったとは」

でも、そんな人がなぜ薬師をしているのかしら。

「ずっと？　なぜ、気づかれたんですか？」

そんなの決まっている。

「……初めに疑問に思ったのは、流暢な発音です」

アキルは、この国の貴族の戸籍は持っていない。

それに炎のような赤い髪はこの国では、聞いたことがない。

それなのに、これだけ我が国の発音が流暢なのは、高度な教育を受けていたからだろう。

高度な教育を受けた他国の平民、という線も考えられたけれど……。

「そして、あなたの薬に効果がありすぎたこと」

心に作用する薬だなんて、聞いたことがなかった。

でも実際に私の中から、恋心は消え、こうしてエドワード陛下と離れられた。

そこで思い出した。噂で聞いた、王家の直系に錬金術を使える方が稀に生まれる、ルクトバージのことを。

「ですが、確信が持てたのは、先ほどあなたがルクトバージ出身だと知ったからです。まさか大国ルクトバージの王族の方だったとは」

「――そうですね。私は、ルクトバージの王太子です」

王太子⁉　王太子だったのは、さすがに予想外だけれど。

ルクトバージの王族は、国王と王妃以外、表舞台には出てこない。

だから、私もアキルの存在を知らなかったのだ。

「ですが、なぜ、大国の王太子殿下が、薬師として、メグルスへ？」

探しもの……をしてるとは聞いたけど、何なのかさっぱりわからない。それに、大国で見つからないものが、この国で見つかるとは思えないけれど……。

「ロイグ嬢」

まっすぐに、凪《な》いだ海の瞳は私を見つめていた。

「私は探しものを見つけに、この国を訪れました」

「……はい」

そのことは知っている。

「探しものは、今まで様々な国で探しても見つかりませんでした。でも……この国でようやく、見つかりそうなのです」

「その探しものって……？」

一体、なに？　いつも半端じゃ意味がないとか、ふんわりとしたことしか教えてもらえなかった。

「――あなたです」

「………………え」

探しものが――私!?

でも、私が過去にアキルに出会っている……ということは、記憶の限りでは、ない。

「正確には、私の妻となるべき人、もしくは、股肱《ここう》の臣《しん》になりうる人……を探していました」

つまり、いずれは王妃としてアキルを支える女性か、一番信頼のおける家臣か、そのどちらかを探していたってことよね。

私が王妃のときからアキルは、私にそのどちらかの可能性を感じていたというのなら……。

やっぱり股肱の臣かしら。……でも。

「私は、政務などでは期待されるほど、お役に立てないかと思います」

確かに私は元王妃だけれど、任される公務は少なかった。それに一番の公務である子供を産む、ということが果たせなかった。

でも、私がアキルの腹心に……というのは、考えもしなかった道だわ。

「いいえ、ロイグ嬢。あなたには――私の妻になっていただきたいと考えています」

「……え？」

私が、アキルの妻に？　そしていずれは王妃になれ、と言うの？

「私にそんな大役、務まりません」

それに、私はまだアキルのことをほとんど知らない。

せいぜいが、好きな色は紫ということだけ。

それにアキルも、私のことをほとんど知らないはずだ。

「公務や政務のことなら心配しないでください。私が妻に望む条件は一つだけ」

一つ……？　そう言っても、アキルは大国の王太子だ。

とんでもない条件に違いない。

アキルは、私の目をまっすぐに見つめた。

「私が判別でき、心から支えたいと願う女性」

「あなたが、判別できる人物……？」

判別も何も、アキルは一度しか会ってない私が変装したときに見抜いたくらいだ。

観察眼はかなりのものだろう。

「はい。私は、ルクトバージの王族でもある錬金術師です」

やっぱり、あの薬は錬金術で作ったのね。

納得しつつ、アキルの言葉に頷く。

「この力は稀有《けう》な能力ですが、デメリットもあります」

「デメリットって、もしかして……」

「はい。近い血縁以外の人の顔の見分けがつかないのです。表情は読み取れるのですが、具体的な目鼻のパーツは記憶に留まらない」

でも……。

「それなら、どうやって過ごされてきたのですか？」

アキルは王太子だ。会わなければならない人も、覚えなければならない人もたくさんいるだろう。

「服装や声、その人のクセなどで判断してきました」

それは……とても大変なことだと思う。

「ですが、あなたは違いました。あなたの姿は、この世界から浮き出て見える。世界の中で、あなたの周りだけ縁取りがされたように輝いて見える。なぜなのかは、わかりませんが……」

は、と息を呑む。

それは、私がアキルと城下町で再会したときに思ったことと一緒だった。

「……それに」

なんだろう。

「あなたは、眩い」

「……私が？」

私が眩いようには、私自身では思えないけれど。

「ずっと一途に愛し続ける――それこそ、その想いごと死を望むほど、そんな風に人を愛せるあなたは眩く映りました」

「！」

死を望む、ってことは。

「アキル殿下、あなたがあの薬をくれたのは……」

ずっと、疑問に思っていた。

どうして、アキルは、はっきりと恋心をなくす薬だと言わなかったのだろうって。

「ロイグ嬢、あの日あなたは死を望む瞳をしていました。疲れ切って、今にも消えてしまいそうだった」

頭痛薬も用意はしていたのですが、とアキルは続ける。

「この国に長く留まる予定はなかったですし、旅を続ける旅費が稼げればという気持ちで薬師を名乗っていました。ですが」

私を見て微笑むその表情は、心からの安堵が浮かんでいた。

「気が変わりました。あなたの、あの日の表情を見て、私はあの薬を渡すべきだと考えた。でも、普通に渡すだけでは飲まないかもしれない」

だからあんなふうに言ったのだと、続けてアキルは海のような深い瞳で私を見つめる。

「恋心を失う薬、なんて普通の薬師には作れない。私の素性が明らかになる可能性も考えました。そうすれば、面倒なことになる。でも、そんなことよりも」

アキルは、一度俯き、息を吐き出した。

そして、私を再び見つめる。

「あなたを助けたかった」

「そう……だったのですね」

私を見つめるアキルの瞳に曇りはなく、ただ穏やかな光を湛《たた》えている。

「はい。あなたが、あの高潔な恋をなくしても、王のそばにいたいと少しでも願うなら、この国を去るつもりでした」

でも、そうじゃなかった。

私は、エドワード陛下から離れたがったものね。

「ロイグ嬢」

アキルは私の前に跪《ひざまず》くと、私の手を取った。

「私はあなたをお慕いしています」

「⁉」

え、ええっ！

うろたえる私の前で、アキルも目じりを赤くした。

「最初は、あなたの行く末を見守りたい、ただ、それだけでした。ですが……あなたの瞳が頭から離れなくなった」

そっと手を握り、アキルは続ける。

「あなたの紫のどんな星よりも眩い瞳が、今すぐ見たい。そんな衝動に駆られるようになったのです」

　ね、熱烈だわ。

　そんなに甘い言葉に耐性がないし、アキルのまっすぐな言葉に、思わず体温が上がってしまう。

「ですが、突然のことで、混乱しているでしょうし、何より、あなたも……私も、互いのことをほとんど知らない」

「……そうですね」

　それは間違いないことだわ。

　頷きつつ、次の言葉を待つ。

「ですので、親睦を深めたいと考えています。まずは……共に出かけてみませんか？」

「それって……」

　もしかして、もしかしなくても。

「はい、デートの誘いです」

　微笑んだアキルは、本当にキラキラしていた。なんというか……近寄りがたいほどの美しさのはずなのに、親近感もある不思議な笑みだ。

「ですが、私は……」

　まだ、離婚をしたばかり。

　そう……離婚といえば。

「……この国の国王と縁した私が、他国の王太子であるあなたと婚姻するなんて、問題でしょう？」

そのはず。少なくとも、この国ではそうだ。

「いいえ。私の妻として、認められる条件は、ただ一つ。私が選んだ、ということです」

ええ、でもそんなのって……。

私がとんでもない傾国の女だったらどうするのかしら。

「ああ、そういえばロイグ嬢に伝え忘れていましたね」

「？」

なにかしら。

「私は、今のところ王太子ではありますが、王になるかはまだ確定ではありません」

「……？　どういうことですか？」

王太子。つまり王位第一継承者、ということではないの？

「私は、私の妻となるべき人……もしくは、股肱の臣を探し求めていました」

「はい」

それはさっき聞いた。

「これが、最終試験なのです。ルクトバージの王太子が王になるためには、これと定めて連れてきた人物と共に試練を受け、今の王に認められる必要があります」

「え……ええっ⁉」

じゃあ、私がもしこのままアキルについていったとして、王に認められなかったら……。

想像して、血の気が引く。

「そんな、心配そうな顔をしないで」

「い、いえっ、でも……。さすがに荷が勝ちすぎるといいますか……」

王になるかを決める試練なんて、絶対難しいだろうし……。足を引っ張りそうだわ。

「私はあなたと一緒なら試練を乗り越えられると確信しています」

えっ、えええええー。

私の中には全くそんな自信はないわ！

「無理です！！！！」

はしたないとわかっていながら、音が出るほど首を横に振る。

そんな私を楽しげに見つめて、アキルは微笑んだ。

「私を信じて……と言いたいところですが、まだ私たちはお互いのことを知らないですし。やはり、共に、出かけるのはいかがでしょう?」

それでも、私は離婚をしたばかりで。

この誘いを断るべきだ。

わかってる。

……わかってる、けど。

「私は……」

目の前のアキルについて、私が知ることは多くない。錬金術が使えて、大国ルクトバージの王太子で、紫が好き、そして何より、自分の素性がばれることよりも、私を助けることを優先してくれた、優しいひと。

それだけしか知らない人のことを、知りたいと思うのは、おかしいのかもしれない。それも離婚をしたばかりだ。

でも。

私は、私だけの星を今度こそ見つけると決めたから。

そのために、様々なことを経験してみたいと思うのだ。

それになぜか私も、アキルのことが気になるから。

「……その誘いをお受けします」

ゆっくりとそう言葉にすると、アキルが途端に破顔した。いつもの完成された笑みとは違い、安堵と喜びが混ざった笑み……のように見えた。

その笑みを見ると、胸の中にふわりと何かが湧き上がってきたような気がした。気のせいかもしれないけれど。

「では、早速出かけましょうか」

「……は、はい」

アキルは立ち上がると、私が腕に抱いている花束から花を一輪抜いた。

「アキル殿下?」

「これから行く場所には、花は欠かせませんからね」

そして、そっと私の耳に花をかける。

「？」

花が欠かせない場所ってどこだろう。

でも、そうね。出かけるのだったら、花束は置いていった方がいいだろう。

マーサに花を飾ってもらうように頼んでから、アキルと共に離れを出る。

「お手をどうぞ」

アキルは、いつのまにか馬車を手配していたようで、エスコートされてその馬車に乗り込む。

「アキル……様は」

素性を隠しているアキルを外で殿下と呼んでいいのかわからず、様をつける。

「お気遣いありがとうございます。……はい、何でしょう」

「女性慣れ……してらっしゃいますね」

私のエスコートは大抵エドワード陛下だったから、彼が基準になるけれど。

ここまでの短い道中でも、エスコートの仕方が丁寧だなと感じたのだ。エドワード陛下が特別ざつだとか、そんなことはなかった。

ただ、アキルはなんというか、圧倒的に、慣れている……感じがする。

まるで、幼い頃からそうするのが当たり前、に育てられたかのように。

「……えぇ、まぁ、そうですね」

気恥ずかしそうに視線を逸らしたのは、どうしてかしら。

「私には、姉がいまして。その姉のおかげですね」

「そうなのですね！」

お姉さんがいたのね……！

納得だわ。

ルクトバージの王族構成は、他国にはほとんど知られていない。

また一つ、アキルについて、知ることができた。

「はい。姉に『将来の奥方に、良いところを見せるのよ』と散々練習させられまして」

「……なるほど」

将来の奥方のところで意味ありげに私を見たのは気付かないフリをして、頷く。

「ところで、ロイグ嬢。ロイグ嬢のご家族について、お伺いしても？」

「私の家族ですか？」

「はい。以前、一番大切な想い出についてお伺いしたとき、ロイグ嬢は、御父上に星を貰ったことだとおっしゃいましたね」

「はい」

だから私は、私だけの星を見つけるために、努力を重ねたいと思っている。

「御父上とロイグ嬢の関係は知ることができましたが、他のご家族はどうなのかと気になりまして」

……なるほど。

私が実際にそうなるかは別として、私を妻にしたいと考えているアキルが、私の家族関係に興味を持つのは当然だものね。

「そうですね……。弟と母と父と私の四人家族で、私は、陛下の婚約者となってからは、ずっと王城で暮らしていたので、しばらく家族とは疎遠になっていました。ですが、こうして実家に出戻った今も、温かく迎えてくれる優しい家族です」

お母様も、弟も、お父様も。

みんな、私に優しい。

それだけは、確かだった。

「そうなのですね」

アキルが柔らかく微笑む。

……と、そこで馬車が止まった。

目的地に到着したみたいだ。

アキルにエスコートされて、馬車を降りる。

すると——。

「わぁ……！」

色とりどりの花が舞っていた。赤、薄青、ピンク、黄、オレンジ、白……鮮やかな色彩が、街を彩っている。

「やはり、あまり花降祭に参加されたことはなかったようですね」

……花降祭。それは、私たちの国の王都で年に一度行われるお祭りだ。

ずっと見てみたいと思っていたお祭りでもある。私は、開会の挨拶にエドワード陛下と共に出席するだけで、すぐに王城に帰っていた。それは、警備の面からして最善のことだったと思う。

でも、本当は、ずっと、参加してみたかったのだ。

「よくご存じでしたね」

他国の祭りまで、頭に入れているとはさすが大国の王太子。

「えぇ。愛しいあなたを口説きたいので」

「⁉」

く、くどっ……⁉⁉⁉

甘く囁かれた言葉に、赤面してしまう。

あまり、そういう言葉を言われたことがないので、耐性がないのよね。

「……ふふ。その可愛らしい表情は、私だけに独占させてくださいね」

アキルはそういうと、私の耳にかけた花を抜く。そして馬車の中に置いてきたままだった、私の帽子をとり、花を飾ると、私に被せた。

流れるような動作で帽子を被せられ、その手際の良さに感動する。

確かに、私は一応元王妃だし、この国で出かけるなら、帽子は必須よね。

「さぁ、行きましょう。ロイグ嬢」

「……はい！」

花降祭。それは、この国で信仰している女神に捧げるお祭りだ。花と恋が大好きな女神のために、花で王都中を飾り付け、そしてお祭りの最後には、一番愛し合っているカップルが選ばれるコンテストもある。

そんな花降祭をアキルにエスコートされて歩く。

露店もたくさん出ていて、王都中が賑わっていた。

そんな中、私がまず足を止めたのは、花のガラス細工を売っている露店だ。

「どれが気になりますか？」

「そうですね……」

どの細工も綺麗だけれど。特に目を引くのは……。

「この青い薔薇、でしょうか」

青い薔薇の花弁は薄く透き通っていて、本当に綺麗だ。

日の光に照らされて。きらきらと輝いている。

「では、店主。こちらをいただけますか？」

「あいよ！」

「アキル様!?」

私だって、そんなに高額ではないものの、お金を持ってきている。これくらいなら、余裕で出せる範囲内だ。

慌てて、アキルを止めようとしたけれど……。

「私がロイグ嬢に贈りたかったのです」

そういって、柔らかく微笑まれると、止められない。

「ありがとうございます」

なので、止める代わりに素直にお礼を言うことにした。

「いいえ。どういたしまして」

包んでもらったガラス細工を落とさないように、手に持って、歩く。

次に気になったのは、花をモチーフにしたアクセサリーを扱っている露店だ。

「可愛いですね……！」

イヤリングも指輪も腕輪もとっても可愛い。

思わずあれも可愛いこれも可愛いとはしゃいでいると……。

「……ええ、本当に」

「アキル様も可愛いと思われますか⁉」

アキルの同意する言葉に、振り向く。

すると、アキルはアクセサリーではなく私を見つめていた。

「……アキル様？」

話を合わせてくれたのかしら。

そう思って首を傾げると……。

「これなんて、可憐なあなたに似合いそうだ」

赤の花をモチーフにした耳飾りをあてられる。

「やはり似合っていますね」

そう言って微笑んだアキルは、これ以上ないほど穏やかな瞳をしていた。

「瞳を輝かせたあなたも、可愛らしいですね」

青の凪いだ海のような穏やかな瞳に見つめられると、途端に息ができなくなる。

瞬きも忘れて、アキルを見つめ返した。

その瞳にも、その瞳に映る私も。お互いしか映っていなかった。

一瞬にも、永遠にも感じられた時間は、誰かの声によって、終わりを告げた。

「……リュゼリア?」

「!」

人混みの中でだって、聞き間違えるはずがなかった、その声は。

胸の中から急にじわりと何かが湧き出るのを感じる。

……いいえ、違うわ。

胸の中に浮かんだ感情を、否定する。

私は、あの恋を手放した。

意図的ではなかったにしろ、あの恋を手放して、私は自由になれたから。

「ロイグ嬢……?」

深く帽子を被り直した私は不思議そうな顔をしたアキルに微笑む。

「いえ。それより、確かにこのイヤリング可愛いらしいですね」

アキルがあててくれた赤いイヤリングを手に取る。

「……よければ、また、贈らせていただけませんか？」

「えっ、ですが……」

さっきもガラス細工をもらったばかりだ。

「私が、贈りたいんです」

アキルは、そういうと、流れる仕草でイヤリングの代金を払う。

せっかくなので、とアキルは私にイヤリングをつけてくれた。

「ありがとうございます」

店主が見せてくれた鏡を見ると、確かに似合っている。

「素敵な贈り物を、ありがとうございます」

「喜んでいただけたなら、何よりです」

そう微笑んだアキルに、微笑み返す。

大丈夫――……私は、揺らがない。

閑話◆君のいない日々（エドワード視点）

「……リュゼリア？」

人込みの中、かすかに見えた銀の髪。

後ろ姿からは、判別がつかない。

それでも、その名を呼んだのは、ただ、会いたかったからだ。

あの髪が、君の――リュゼリアのものだったらいいと、願ったから。

けれど、その髪の主は、振り返ることはなかった。

「人違い……か」

それもそうだ。

彼女は、私と離婚をしたばかりで。

他の男と歩いているはずがない。

「……私たちは、夫婦になるのだから」

いつだって、そう、手を取って、歩んできた。

今は手違いで、手を離してしまったけれど。

すぐに、元に戻るはず。

私たちは、夫婦で。兄上とは比較にならないほど、お似合いで最高の夫婦になるはずだ。

けれど、現状、私の隣に君はいない。

離婚届に無理やりサインをさせられてから、空虚な日々を過ごしていた。

政務は毎日しなくてはならないし、公務もある。

今日は花降祭の開会の挨拶もあった。

それに、城に戻れば、また、重鎮たちが自分の娘を次の王妃にしようと、釣書《つりしょ》を持ってくる。

私は、君以外を王妃に据えるつもりは、毛頭ないというのに。

「……はぁ」

息抜きに、花降祭でも、少し散策してこい、とロイズに言われて、歩いてはいるものの、これと言って、気持ちが晴れやかになることもなかった。

ぼんやりと、花びらが舞う空を眺めていると、目の前に紫の花びらが舞い降りてきた。

どこかに飾られた花の一部だったであろうその花びらに戯れに手を伸ばす。……だが。

ひらひらと舞った花びらは、私の手の中に収まる前にも風に煽《あお》られ、どこかに消えてしまった。

「……！」

胸の中に言い表せないもやもやとした気持ちが、広がる。

別に、本気で掴みたいわけではなかった。だが、あんな風に掴み損なうのは、まるで……。

「……考えすぎだな」

首を振って、悪い考えを追い出す。

息抜きにもならない散策はもうやめにして、城に帰ろう。そして、早くアイリに治療してもらうのだ。

完治すれば、ちゃんと君を、リュゼリアを迎えに行ける。だから。

私は、花降祭が行われている区画に背を向け、歩き出した。

第五章

——花をモチーフにしたアクセサリーを売っている露店を離れた後。

談笑しながら歩いていると、軽やかな音色が聞こえた。

……音楽隊でも来ているのかしら。

アキルと顔を見合わせて、その音の方へ進む。

——すると音楽に合わせて、たくさんの人が踊っていた。

「……わぁ」

服の上に、花びらのように透き通った薄い布をまとって、男女が踊っている。

くるくると回転するたびにふわりとベールのような布が浮いて、まるで、花の妖精が踊っているみたいだわ。

「お嬢さんたちも、参加するかい？　ダンスが一番うまく踊れたペアには景品もあるよ」

そう言って、この催しの主催者のようなおじいさんに、布を差し出された。

「ロイグ嬢は、ダンスはお好きですか？」

「はい、もちろん！」

……とはいっても、昔の私はダンスが嫌いだったのよね。

私の元夫であるエドワード陛下は、国王だ。つまり、夜会のファーストダンスを踊ることが多い。

夜会の始まりを告げるダンスを踊るのだ。当然、周囲も注目するわけで。

その緊張感を楽しんだもの勝ちだと、気づいたときに、ダンスが好きになった。

「では、お相手願えますか、ロイグ嬢」

「喜んで！」

おじいさんから布を受けとり、羽織った後、差し出されたアキルの手を握る。

丁度、曲の切れ目だったので、さっそく私たちも混ざって、踊り始めた。

最近は、エドワード陛下と出席する夜会の数も少なくなっていたから、こうして誰かと踊るのは久しぶりだ。

それに、アキルのエスコートはとても踊りやすいわ。

……ダンス、とっても楽しい！

自然に頬が緩む。でも、体は止めない。

「お上手ですね」

「アキル様こそ」

まるで、背中に羽が生えたよう。

くるり、と回転するとそれに合わせて羽織った布も広がる。

風に吹かれて花びらが舞う中、ステップを踏む。

何曲か踊っている間に、曲のテンポが少しずつ速くなっていることに気づいた。

何組か踊りの輪から抜け出したペアもいるわね。

……少しずつテンポを上げて、その曲についていけなくなったペアが脱落。

最後まで残ったペアが景品がもらえるってことかしら。

アキルを見ると、挑むような瞳をしていた。

「ロイグ嬢、続けますか？」

そこでノーと言えるほど、ダンスが嫌いじゃないわ。

「もちろん」

あと、何組残っているかは考えないようにしましょう。

私が集中すべきは、流れる曲と、エスコートしてくれているアキルだ。

私たちは、だんだん速くなる曲に合わせて、ステップを踏み続けた。


……急に曲が止んだ。

「……？」

ぴたりと急に止まった音と一緒に止まれず、体がぐらついた私をアキルが支えてくれる。

「ありがとうござ――」

拍手と歓声でお礼の声がかき消された。

えっ、何事かしら……？

「お見事！！！」

先ほどのおじいさんがそういいながら近寄ってきて初めて、周囲を見回す。

広場に残っていたペアは、私たちだけだった。

「お嬢さんたちが優勝だ！！！」

「アキル様、優勝――⁉」

優勝しましたね、と微笑もうとしたときだった。

アキルは嬉しそうに、私を抱き上げ、くるりと回った。

そして、ぎゅっと抱きしめられる。

「⁉」

「さすが、ロイグ嬢ですね‼」

アキルは、興奮したように、もう一度ぎゅっと抱きしめ……それから、おそらく真っ赤になって固まっている私に気づいて、ぱっと離れた。

「すみません！　不躾でしたね」

「……い、いえっ」

男性に、こんな風に抱きしめられるのは、物心ついて以来初めてのことだった。

だから、思わず、固まってしまっただけで、嫌だったわけじゃない。

そう、アキルに伝えると、アキルは驚いたように目を見開いた。

「では、あなたと陛下はもしかして……」

「はーい、ストップ。お嬢さんたち、いちゃつくのはあとからにして、まずは景品を受け取ってね！」

おじいさんから、包みを受け取る。

包みを開けると中に入っていたのは、何かの券だった。

アキルと一緒にその券に書かれた文字を読む。

「ラグルナ湖、一周無料券……？」

……ああ、なるほど。

「ラグルナ湖、ご存じないですか？」

「いえ、その湖の存在は知っていますが……この湖に何か特別なことでも？」

さすがのアキルもラグルナ湖の伝説までは知らないのね。

「ラグルナ湖は、私たちの信仰する女神が、最初に降り立った場所だと言われているのです」

「そうなのですね」

「それ以外にも女神に纏《まつ》わる様々な伝説があるのですが、とても綺麗な場所なので、恋人たちに人気なんですよ」

伝説は、女神が最初に降り立った地だから、女神もよくラグルナ湖をのぞいていて、その女神に気に入られた恋人たちは、女神の祝福を得る、とかなんとか、あるけれど。

「では、ぜひ行かなければ」

恋人に人気、のところで、アキルは意味深に微笑んだ。

「アキル様！」

赤くなりながら、ふっと思う。

私がアキルの言葉に頷くとしたら。

それは、私がアキルに恋をしたときだろう。

不安や恐怖すらも乗り越えてみたいと思うほどの熱。

……そんな感情を、果たして私は再び抱くのかしら。

「ロイグ嬢？」

不思議そうな顔をしたアキルに、なんでもないと首を振る。

耳元にはまだ、あの赤いイヤリングがついていた。

——アキルから貰ったそれを何の気無しに触れながら、私は、かつて私の中にあった熱の温度を探していた。


「今日は、とても楽しい一日でした！　ありがとうございます」

「こちらこそ、とても素敵な一日になりました」

公爵邸まで手配した馬車で送ってくれた、アキルを見送り、離れに帰る。

ダンスで貰った景品である、船で一周無料券は、また後日使うことにした。

花降祭も思う存分楽しんだし、それに……。

「イーディスの料理が待っているものね！」

今日の夕飯は何かしら。

とても楽しい気分で離れの玄関につくと、マーサとメイカ、それにイーディスも待っていてくれた。

「おかえりなさいませ、リュゼリア様」

「ありがとう。みんな、ただいま！」

離れの中に入った後、みんなにそれぞれ買ったお土産を渡した。花降祭で売っていたブレスレットやネックレス、髪飾りだ。

……本当は、イーディスたちも今日はお休みにしてあげたかった。

でも、花降祭は、年に一回のお祭りだけれど、恋人やそれに近しい人たちと行く人が多い。

だからか、みんな今は仕事が恋人だからお祭りには行きません！　って断られちゃったのよね。

だから、せめてお土産でも、と思ったのだけれど……。

「わぁ、嬉しいです！」

「ちょうど欲しかった色です！」

「お出かけにぴったりですね！」

そんなに高価なモノではないけれど、みんなに喜んでもらえてとても嬉しいわ！

「リュゼリア様」

「どうしたの、マーサ」

マーサは嬉しそうに私の耳元を見ていた。

「いえ。リュゼリア様が楽しまれたなら、何よりです」

「……あ！」

そういえば、アキルに貰ったイヤリングをつけたままだったわ。

出かける時にしてなかったし、マーサたちのお土産を買った露店と同じだから、デザインが似ている。だから、お祭りで買ったモノだと気づかれたのでしょうね。

「ええ、楽しかったわ」

少し、気恥ずかしいけれど、でも、楽しくなかったわけじゃないし、否定はしない。

せっかくだし、青い薔薇のガラス細工も見せようかしら。

「これもいただいたのだけれどね……」

……？

袋から薔薇を取り出しても、みんなちっとも薔薇を見ようとしないわ。

どうして？　こんなに綺麗なのに。

「……薔薇も、ということは、そのイヤリングも贈り物ですか？」

微笑ましいものを見る瞳で、メイカに尋ねられ、はっ、とする。

イヤリングをアキルに買って貰ったとはまだ言っていない。さっきのマーサの問いは、お祭りに浮かれたことがバレただけだった。

メイカの問いは、アキルに買って貰ったことを明確にするわけで。……いえ、でも、嘘はよくないわね。

「…………ええ」

かなり恥ずかしかったけれど、頷いて見せる。

すると、みんなが微笑んだ。

特にイーディスは、瞳を輝かせている。

「そんな楽しいデートの中、夕食前に帰ってきてくださり、ありがとうございます！　今夜はステーキです」

「！！！　ステーキ！　とっても楽しみだわ」

イーディスの焼くステーキは、脂っこくなくて、とっても美味しいのよね。

「焼きたてをお持ちしますので、ダイニングにてお待ちください」


——イーディスの美味しい夕食を味わい、お風呂に入った後。

なかなか寝付けなかった私は、庭で星空を眺めていた。

「……リュゼリア様」

「少し、眠れなくて」

ガウンとホットミルクを渡してくれたマーサに微笑む。

「ありがとう」

「いいえ。ここ最近、様々なことがありましたからね」

「……ええ」

エドワード陛下への恋心を無くしたこと。エドワード陛下と離婚したこと。アキルに妻になってほしいと言われたこと……。

思い返すと、本当に様々なことがあったわね。

……私だけの星。高い目標。

まだ、それは見つかっていないけれど。

ホットミルクを口に含む。じんわりと体の芯を温めてくれた。

「マーサ、私、明日が楽しみなのよ」

「明日が、ですか？」

何かご予定がございましたか？　と続けたマーサに首を振る。

「ううん。そうじゃなくて……。明日が来るのが怖く、ないの」

こうなる前を思い出す。

「私ね、本当はずっと明日が来るのが怖かったの」

見向きもしてくれない人を愛し続けて。

「明日は、明日こそは愛してくれるかしらって、もし、そうではなかったら……って明日に怯《おび》えていたの」

マーサは黙って私の言葉に耳を傾けてくれている。

「でも、今はそんな心配しなくていい。だから」

やりたいことがたくさんある。

刺繍や楽器に久々に触れてみるのもいいかもしれないし、読書もいい。

部屋の模様替えだってしたいし、女子会もしたい。

それから、それから――。

「明日が来るのが楽しみ過ぎて、眠れないのよ」

困ったわ、と呟きながら、マーサを見ると、マーサは優しく微笑んでいた。

「リュゼリア様」

「……うん」

「リュゼリア様は、私にとってかけがえのない方です」

マーサは私の手を握った。

「だから、リュゼリア様からそのお言葉が聞けて、良かった。……本当に」

マーサの声はかすかに震えていた。

「ありがとう、マーサ」

あの頃は、私だけが苦しいのだと思っていた。でも、そうじゃない。

私が悲しいことで、苦しむ人はこんな身近にもいる。

私を大切にしてくれる人を悲しませないように、生きよう。

星空を見上げる。眩しく輝く星々に目を細めて、そっと、手を握り返した。

翌朝。朝の支度を終えて、朝食をとった後、アキルが訪ねてきた。

「おはようございます、ロイグ嬢」

「おはようございます、アキル殿下」

アキルは恭しく礼をすると、微笑んだ。

「本日もデートにお誘いしたいのですが、よろしいですか？」

「……はい、もちろん」

私もアキルに微笑み返す。

エスコートされて離れをでると、馬車が止まっていた。

「本日は、どちらへ？」

馬車に乗り込みながら尋ねると、アキルは形のいい唇に人差し指をあてて、茶目っ気たっぷりに微笑んだ。

「……内緒、です」

「！」

まるで、少年のようなその表情に、思わず見惚れる。

「……ロイグ嬢？」

「いっ、いえ……」

心臓に悪いわ！

赤くなっているだろう頬を隠すように、帽子を被りなおす。

「……ところで、ロイグ嬢」

「？　はい」

アキルは真剣な顔をして、私を見た。

……どうしたのかしら。

私も姿勢を正して、アキルを見つめる。

「私に、あなたの名を呼ぶ栄誉をいただけませんか？」

「！」

そういえば、アキルに一度も名前を呼ばれたことはなかった。

王妃でなくなってからは、ずっと『ロイグ嬢』だったものね。

「……それは、その。もちろん」

「！　ありがとうございます。……リュゼリア嬢」

ふわり、と花が綻ぶように、柔らかく微笑み、名前を呼ばれる。

こんな風に、一音一音大切に、私の名を呼ばれたのは、初めてだった。

「……嬢、も不要です」

って、私ったら、何を言ってるのー⁉

思わず、言ってしまった後に、はっとする。

……でも、アキルは恩人だし。それに、あんな風に呼ばれたら。

「――リュゼリア」

低すぎない、穏やかな声が、心底嬉しそうに私を呼ぶ。

「……はい」

「どうか、私のことも、アキル、と呼んでいただけませんか」

「！」

えっ、ええー！

薬師だと思っていた頃はともかく、今は、彼が王太子だと知っている。

……でも。

きらきらと瞳を輝かせて、期待しているアキルに応えないわけにはいかなかった。

「……アキル」

「はい、リュゼリア」

まるで……宝物をもらった子供みたい。

ただ、名前を呼んだだけ、なのに。

どうして、そんなに嬉しそうなの。

「私は、リュゼリアに恋をしているので」

「⁉」

心が、読まれた⁉

「リュゼリアの顔を見れば、わかります」

びっくりして、思わず、頬に手をあてる。

「あなたは、本当に可愛らしい方ですね」

かっかわ……⁉

不思議そうに、アキルが首を傾げた。

「……？　リュゼリアは、こんなに可愛らしいのに。あまり、言われたことがありませんか？」

「……はい」

幼い頃のエドワード陛下に言われたような言われてないような。そんなレベルで、だから甘い言葉には全く耐性がない。

「花降祭のときも思ったのですが、あなたと、エドワード王は……」

「……白い、結婚でした」

アキルには、カウンセリングの時に、アイリにエドワード陛下がかまってばかりという話はしたけれど、白い結婚の話はしていなかった。

「……そう、だったのですね」

「はい。以前は辛かったですが、今は、むしろ幸運だったと思っています」

自分を愛してくれない人に触れられるより、誰にも触れられていない方がずっといい。

「私にとっても幸運ですね。私は、どうやら独占欲が強いようなので」

「独占欲が強い……？」

アキルの顔からは、独占欲とは無縁に見える。

「はい。……それにリュゼリアと一緒に経験できる『初めて』は一つでも多いほうが嬉しいです」

力強くそういわれて、思わず頬が熱くなった。

「……リュゼリア？」

照れた顔を誤魔化すように、俯いて黙った私の顔を、アキルが覗き込む。

アキルの青い瞳に映る私は、これ以上ないほど、狼狽《うろた》えていた。

「！」

けれど、そんな私を見たアキルの頬もじんわりと赤くなる。

「リュゼリア……」

「……なんでしょう」

照れた空気のまま、アキルに応える。

「私は、あなたのことが好きです。だから、まだ好意とはいかなくとも、気になる相手くらいになれたら、嬉しいです」

「……とっくに気になってるわ」

混乱する頭は、思っていても口には出さなかった言葉を簡単に吐き出した。

えっ、今私なんて言った⁉

アキルに聞こえてない……わよね？

恐る恐るアキルの顔を見る。

すると……。

アキルは、驚いた顔をして固まっていた。

その後、ゆっくりと唇が弧を描く。

「！」

それは本当に嬉しそうな顔で。

――だから、違うとも、嘘だとも誤魔化せないまま、甘い時間が過ぎた。

そんな照れた空気は、馬車が止まったことにより、終わりを告げる。

「つきましたね」

「……つきましたね」

お互いまだ照れが残っているからか、同じ言葉をいいながら、馬車から降りる。

馬車を降りると、そこは……。

丘に、リビングストンデージーが咲き誇っていた。

赤、ピンク、オレンジ……様々な色の花が、風に吹かれて揺れていた。

「……きれい」

「もっと綺麗になりますよ」

今でも、十分すぎるほど綺麗なのに、もっと綺麗になるの!?

そう思いつつ、アキルを見ると……。

アキルは、懐《ふところ》から、小瓶を取り出した。

そして、その小瓶のふたを開ける。煙が小瓶から出て、空までのぼり……。

「……わぁ!!　虹ですね!!」

虹と花。

綺麗なものが、二つも同時に見られるなんて。

「リュゼリアが花降祭で、一際リビングストンデージーに目を輝かせていたので、好きなのかと思いまして。それに、虹を合わせたらどんな顔をするか、気になったんです」

「……アキル」

アキルを見つめる。

青い瞳は、穏やかな海のよう。でも、確かに、熱を帯びていた。

アキルの瞳には、私だけが映っている。

……ああ、この人は、本当に私が好きなんだわ。

なぜだか、その瞳を見たときに言葉よりもずっと理解できた。

それと同時に胸がぎゅっと切なくなる。

花と虹に見惚れるフリをしながら、この胸の切なさの理由を、考えていた。

帰りの馬車の中、そういえば、とアキルは私に尋ねた。

「今日の質問をしても？」

そういえば、今日はまだ質問されていなかった。

「……はい」

「リュゼリアは、どんな男性が好みですか？」

「⁉」

直球すぎる！

ええっと、ここはなんで答えるべき？

ちらり、とアキルを見ると、真剣な表情で私の答えを待っていた。

だったら、嘘はつけない、わよね……。

うーん、でも、好きなタイプ、かぁ。

エドワード陛下が初恋だったし、あんまり考えたことはなかったのよね。

ふ、とアキルを見る。

……そういえば。

「瞳が綺麗な人、でしょうか」

エドワード陛下も綺麗な翡翠の瞳だった。

それに、アキルも。穏やかな海のようでいて、熱を帯びた、とても綺麗な瞳だった。

「……瞳、ですか」

アキルが瞳を瞬かせて、うーんとうなる。

「ちなみに、リュゼリアから見て、私の瞳はどうですか？」

「……綺麗です」

とっても、と心の中だけでつけ足しておく。

「本当ですか⁉」

嬉しそうに、ぎゅっと手を握られ、どきどきと胸が高鳴る。

そんなに幸せそうに笑われたら、恥ずかしくても、否定できない。

小さく頷く。

「……良かった」

アキルは安心したように息を吐き出したけれど……。顔が近いし、手も握られたままだわ‼

これでは、どきどきしっぱなしで、私の方は全然安心できないわ！

「……アキル、あの」

特にその綺麗な瞳をこれ以上視界に入れないように気をつけながら――呼びかける。

「どうしました……？」

アキルは、そんな私を不思議そうに見た後、気づいたようでぱっと手を離した。

「すみません、嬉しくて、つい……」

「い、いえ……」

馬車の中でなんとも気恥ずかしい空気が流れる。

――その空気は、馬車から降りるまでずっと、続いた。

「本日は、ありがとうございました。とても楽しかったです」

エスコートしてくれた、アキルにお礼を言って、離れの玄関の前で別れる。

「こちらこそありがとうございました。……リュゼリア」

「？」

アキルは、私の前に右手を差し出した。

握手……かしら。

疑問に思いつつも、その手をとると……。

「わぁ……」

何もなかったはずのそこから、一輪のリビングストンデージーが現れた。

「魔法……ですか⁉」

思わず興奮気味に尋ねると、アキルは茶目っ気たっぷりに笑った。

「秘密です。……それでは、また」

「ええ、また」


離れの中に入ると、マーサ、メイカ、イーディスが出迎えてくれた。

「おかえりさないませ、リュゼリア様！」

「ええ、ただいま……？」

……えっ、えっ。なに、そのキラキラした目は。

「本日のデートはいかがでしたか？」

マーサの問いに合点がいった。

どうやら、今日のデートの感想をみんな心待ちにしていたみたい。

「とても楽しかったわ。アキルが、花畑に連れて行ってくれて、そこで、花だけじゃなくて、虹を……メイカ？」

にやにやして、どうしたのかしら。

「薬師殿と親しくなられたんですね！」

「……あ」

そうだわ。今日から、お互いに名前で呼び合うようになってそれで……。

『リュゼリア』

一音一音大切に、その名を呼ばれたことを思い出す。

「……っ‼」

熱くなった頬を抑えると、マーサが楽しそうに微笑んだ。

「あらあらまぁぁまぁぁ」

「リュゼリア様、今日は、そういう日かなぁ……と思って！　七面鳥の丸焼きを作りました‼」

イーディスが得意そうに胸をたたく。メグルス国では、おめでたいことがあった日に、七面鳥を食べるのだ。

「……ありがとう」

……うう、恥ずかしい。

でも、お腹は素直で、虫が、ぐぅ、と鳴いた。

「それでは、夕食にしましょうか！」

ちなみに、その日の夕食もこれ以上ないほど、美味しかった。

——その日の夜。

お風呂に浸かりながら、私は、自分の気持ちのことを考えていた。

もしかして、私はアキルに惹かれ始めているのかしら。

「……でも」

実は薬を飲んだあの日から、お守り代わりに持ち歩いている小さな薬瓶を手で転がす。

アキルに惹かれ始めているとしても、エドワード陛下に対する恋心を復活させないために、恋をしようとしている部分が私に絶対ないとは言い切れない。

でも、それだと、純粋な恋じゃない。

……いえ、そもそも純粋なだけの恋、なんてあるのかしら。

アキルは、私のエドワード陛下に対する恋心を高潔だと言ったけれど……。

でも。

『リュゼリア』

瞼《まぶた》を閉じると、頭に浮かぶのは、綺麗な青い瞳と、柔らかな声だった。

「……‼」

かぁ、っと頬に血が上るのがわかる。

これ以上、考えるのは今日はやめにしましょう。

このままではのぼせてしまうもの。

……と、思ったものの。

……アキルのことが頭から一向に離れず、いつもより長い時間お風呂に入ったことをマーサに心配されてしまったのだった。


——そして翌朝。

朝の支度をマーサに手伝ってもらっていると、メイカが手紙を持ってきた。

「薬師殿からです」

「……アキルから？」

なんだろう。

手紙の封を開けると、ふんわりと甘い香りがした。

この香り……ゼラニウムかしら。

……手紙に香りづけをするなんて、洒落《しゃれ》ているわね。

感心しながら、美しい筆跡で書かれた手紙に目を通す。

ラグルナ湖へ今日の夕方に行かないか、との誘いが書かれていた。

そういえば、後日にしよう、とだけ決めて、日程を決めていなかった。

特に断る理由もないので、了承の返事を書いた手紙をメイカに渡した。

「ラグルナ湖……かぁ」

それなら、どんな髪型にしようかしら。

「あら、ラグルナ湖に行かれるんですか⁉」

興奮気味に尋ねたマーサに、頷く。

「そうなの。この前のダンスの景品でね」

「ラグルナ湖ならば、いつも以上に支度も気合を入れますね！」

マーサがあれでもない、これでもない、と様々な髪型を試してくれた。

悩んだ挙句、少し下の位置でハーフアップをしてもらった。

「ありがとう、マーサ」

「いいえ。楽しみですね」

「……ええ。とても楽しみ」


夕方になって、アキルが離れを訪れた。

「リュゼリア、今日の髪型もとても素敵ですね」

そう言って微笑んだアキルに微笑み返す。

「ありがとうございます」

アキルも今日も相変わらず、整っていた。

でも、なんだかそれを口にできず、エスコートするために差し出された手を取る。

「実は私もラグルナ湖は、初めてで。だから、楽しみです」

ラグルナ湖の伝説を意気揚々とアキルに話したものの、実は一度も行ったことがない。

「！　……そうなのですね」

アキルはゆっくりと瞬きをすると、嬉しそうに笑った。

「リュゼリアと一緒に初めてを経験できて嬉しいです」

その笑みは、普段は大人びているのに、まるで、年相応の青年のようで。思わず見惚れてしまった。

「……リュゼリア？」

不思議そうに呼びかけられて、ようやく、時が動き出す。

「い、いえっ、なんでもありません……」

赤くなっているだろう頬を隠すように、帽子を被り直す。

——初めてのラグルナ湖は、とっても楽しい思い出になるに違いなかった。


馬車の中で、そういえば、とアキルに尋ねられる。

「今日の質問をしても？」

「はい」

何を聞かれるのかしら。

なぜか、少しどきどきしつつ、アキルの質問を待つ。

「リュゼリアは、どんな料理が好きですか？」

「料理……ですか⁉」

そんなに食いつくと思っていなかったのか、アキルは少し驚いた顔をしたあと、笑った。

「さすが美食の国、メグルスですね」

――そう、この国は美食の国として有名なのだ。反対に、ルクトバージは大国だけど、あまり食の文化が発展していないと聞いている。

「私の国では、あまり食に関心がない人が多いのですが。メグルス出身のリュゼリアは、どんな料理が好きか、気になって……」

「はい。私が好きなのは――」

私は、イーディスが作ってくれた数々の料理の中でも特にお気に入りである、昨日食べた七面鳥の丸焼きについてそれはもうぺらぺらと熱く語った。

アキルが微笑んで聞いてくれたので、ついイーディスと打ち解けたきっかけの夕食のことについても脱線して話してしまった。

「――と、昨日の七面鳥はとても素晴らしかったです。それにしても……」

アキルを、見つめる。

「アキルは、聞き上手ですね」

「いえ、違いますよ」

「え？」

まさか、否定の言葉が出てくるとは思わなかった。

でも、こんなに話しやすいのに。

疑問に思っていると、アキルは、笑った。

「もし、私が聞き上手だと感じたなら、あなただからです。誰だって、好きな相手のことは知りたいと思うでしょう？」

「！」

頬が、熱い。

いや、頬だけじゃない。身体中が熱くなった。

「……リュゼリア？」

「いっ、いえ……」

「私は、リュゼリアが好きです。あなたに恋をしています」

！！！

私の目を見てまっすぐにアキルは、そういった。

穏やかな海のようなその瞳の中にある熱に、囚われてしまいそうになる。

……でも、この熱の中になら。

溺《おぼ》れても、怖くないかもしれない。

――そんなことを思う時点で、もう溺れているのかもしれないけれど。

「……アキル、私は」

あなたを信じても、いいの？

そう手を伸ばしかけたときだった。

――馬車が止まった。

「……あ」

「リュゼリア？」

「いえ、何でもありません」

このデートが終わったら。ちゃんと、向き合おう。

そう決めて、馬車から降りる。

すると、とても美しい光景が目の前に広がっていた。

「わぁ……」

夕日に照らされたラグルナ湖は、きらきらと輝いている。

その美しさに二人で見惚れていると、見知った声がした。

「なぜ……」

一気に現実へと引き戻されるのを感じながら、帽子を深く被る。すると、もう一度なぜ、と聞こえた。

「リュゼリア……？」

更に呆然と、つぶやかれた名前は聞こえないふり、ができた。

でも。

「やだっ、リュゼリア様じゃないですか！」

親しげに、それこそまるで友人のように気安く呼びかけられた名前は、無視ができなかった。

どくどく、と心臓が脈打つ。

なんで、どうして。

そんな思いが胸の中からせり上がり、思わず声の方へと振り向いてしまった。

そこにいたのは、そう。

――エドワード陛下とアイリ、だった。

◇◇◇

（アイリ視点）


最近、エドはずっと忙しそうで、つまんない。

せーっかく、王妃様――……リュゼリア様と別れて、わたしと結婚できるようになったのに。

今日も治療のために、わたしの部屋へやって来た、エドを迎え入れる。

「……エド？」

エドは、これ以上ないほど疲れ切った顔をしていた。

「どうしたの、顔色悪いよ」

エドは、頑張り屋さんだから、頑張りすぎちゃったんだね。

そう言いながら、ハーブティーを淹れる。

確か今日は、花降祭の挨拶に行くって言ってた。

そこで、何かあったのかな。

……心配だ。エドは、たった一人のわたしの王子様なのに。

「……アイリ」

エドが力なく、わたしの名前を呼ぶ。

「ハーブティーはいいんだ」

「本当にどうしたの、エド」

エドの様子が本当に変だ。

「そんなものはいいから、早く治療を……」

「——飲まないと治療もうまくいかないよ？」

いつも以上に元気がないエドに、微笑んでハーブティーの入ったカップを差し出す。

「……心が落ち着いた状態じゃないと、上手くいくものもいかなくなっちゃう」

「……そう、だな。わかった」

力なく頷いたエドは、わたしからカップを受けとると、ゆっくりとハーブティーを飲んだ。

ちゃんと、喉が動いているのを確認して、ほっと息をつく。

「……ちゃんと飲んでくれて良かった」

エドのためだけに毎日配合を考えているハーブティーだ。

だから、きっと、これでエドの心も落ち着くはず。

「すまない、アイリ。……心配をかけたな」

エドは、さっきよりは良くなった顔色で、薄く微笑む。

「……ううん。エド、それでどうしたの？」

エドの隣の椅子に腰かけながら、尋ねる。

「最近、夢見が悪いんだ」

俯きながら、ゆっくりと吐き出された言葉に、耳を傾ける。

「いつも、夢にリュゼリアが出てくる。やっと、夢だとしても、会えたのに。それなのに、いつも、手が届かない」

ぎゅっと、手を悔しそうに握りしめて、エドは続けた。

「それに、リュゼリアは決まって他の男といるんだ。そんなこと、有り得ないのに」

——いつか、それが現実になりそうで怖いんだ。

「……そっかぁ」

それは、確かに怖かっただろう。

エドの気持ちが痛いほどわかる。

「わかるよ。……辛かったね」

エドが、結婚すると聞いた時、絶望した。

なんでって、わたしはちゃんと……のはずなのに。

……でも。

「でもね、大丈夫だよ、エド」

「……アイリ？」

エドが不思議そうな顔で、瞬きをした。

わたしは微笑んで、椅子から立ち上がると、エドの頬を両手で包む。

「言ったでしょう？　幸せにしてあげるって」

「……そう、だったな」

エドは、小さく頷いた。

それを確認して、ぱっと、手を離す。

「それじゃあ、今日の治療、はじめよっか」

もう一度椅子に座りなおして、手を差し出した。

エドがそっとわたしの手にエドの手を重ねる。

ぎゅっと握ると、温かいエドの体温が、わたしに伝わってきた。

……ああ。

やっぱり、妬《ねた》ましいなぁ。

こんな風に、治療なんて名目がなくても、エドの手を握る権利を持ってたリュゼリア様。

エドは、自分から触れたら歯止めが利かなくなるから、触れられない、って言ってたけど。

それなら、ただ待ってるだけじゃなくて、リュゼリア様から触れたら良かったのに。

わたしなら、わたしだったら、そうしてた。

エドが踏み出せない一歩を、わたしが踏み込むのに。

なんで、そうしなかったあの人が、こんなにエドに想われているんだろう。

エドは、わたしだけの王子様なのに。

——目を閉じながら、想像する。

もし、もしも、エドが王様になんてならなくて。

ずっと、わたしの領地で暮らしていたら。

エドがリュゼリア様に恋に落ちることなんて絶対なかった。

ただの、わたしの幼馴染。

そんなエドは、わたしだけを選んでた。

今頃は、きっと結婚式だったんじゃないかな。もちろん、わたしとエドの。

多くの人に祝福されて、幸せだねって、二人で微笑みあって。

それから数年が経ったら、子供もできる。

エドによく似た男の子と、わたしによく似た女の子。

どっちもとっても可愛いに違いない。


「……アイリ？」

エドの言葉で、目を開ける。

現実は、わたしの思い描いていた未来とは少し違うけれど。

でも、大丈夫。

エドは、ちゃんとわたしの元に戻ってきてくれた。

……誰にも触れていない清い体で。

「ううん。今日の治療は、これでおしまい！　と言いたいところだけれど……」

「どうした？」

エドは、不思議そうに首を傾げた。

……あぁ、そんな仕草も好きだなぁ。

「ひとつ、お願いがあるの」

「願い？」

うん、と小さく頷いて、握っていたエドの手を離す。

途端に離れていくエドの手が恋しくて、思わず目で追ってしまいながら、続ける。

「エド、最近ずっと忙しいでしょう……？」

「……それは、まぁ」

新しい王妃候補の人たちとのお見合いに、リュゼリア様がしていた公務、そして、王としての公務。

エドが今やるべきことはたくさんあるから、忙しいのだ。

……でも。

「たまには休まないと、心配だよ」

エドにわたしの気持ちが伝わるように、目を潤《うる》ませながら、話を続ける。

「だからね明後日は、息抜きにわたしとお出かけしない？」

「それは……だが」

わかってる。エドは、わたしを連れて外出したくないんだよね。

リュゼリア様以外の女性を、隣に連れて歩きたくないから。

ずきん、と胸が痛むのを感じながら、それでも微笑む。

「わたしも、実は治療で疲れてるんだ。だから明後日の夕方に、少しだけ……だから、ね？」

「……わかった」

良かった。エドは、しぶしぶだけれど、頷いてくれた。

「場所は、当日のお楽しみ、ということで、秘密ね」

「……ああ。わかった」

エドが頷いて、椅子から立ち上がった。

それを見送る。

「おやすみなさい、エド」

今日こそエドがリュゼリア様の夢を見ないで、ゆっくり休めますように。

「……あぁ、おやすみ。アイリ」


そうして、迎えた今日。

エドは、やっぱり夢見が悪くてよく眠れなかったみたい。

馬車の中で、うとうとしているエドは、青白い顔をしていた。

「……リア。リュゼリア」

寝言で名を呼ばれるほど愛されているくせに、その手をあっさり放した、元王妃様。

こんな幸福をなぜ手放すのか、わたしにはわからない。

……可哀想なエド。

どうして、そんなにリュゼリア様がいいんだろう。

わたしにはその良さがさっぱりわからないけど……。

もしかして、刷り込みかなぁ。決められた婚約者だったから、好きにならざるを得なかった、ってこと？

まあ、なんでもいっか。

エドは、まだ目を覚ましてないだけ。

いつかちゃんと、わたしだけを見てくれる。

だって、わたしたちはそうなる運命だもの。その証だってある。

「ねぼすけすぎるよ、わたしの王子様は」

……まったく、エドったらしょうがないんだから。

そんなことを考えながら、エドの寝顔を眺めつつ、馬車に揺られていると、馬車が止まった。

やっと、目的地に着いたみたい。

エドをゆすって起こす。

「エド、ついたよ？」

「……ん」

　長いまつ毛を震わせて、瞼を開けたエド。そうすることで顕《あらわ》になる翡翠の瞳は、どんな宝石よりも美しいわたしの宝物だ。

「……あぁ。すまないな、アイリ。眠ってしまっていた」

「ううん、いいの。疲れが溜まっちゃってたんだよ」

「……ありがとう」

　それから馬車を降りて、エドは愕然としていた。

「ここは……」

「ラグルナ湖、だよ！　気持ちがいい場所だから、エドと来たかったんだ！」

　……というのも本当だけれど。ここは、恋が大好きな女神が最初に降り立った湖だから、カップルに人気がある。

　そんな場所にお忍びとはいえ、エドと来たら。周囲はわたしをどう思うかな。

　そう思って、ここにした。

「アイリ……悪いが、ここは……」

　エドは早く立ち去りたそうに、わたしから視線を逸らした。

　やっぱりそうだよね、と思いつつ、ずきりと胸が痛む。

「ねぇ、エド――」

　まだ気づかないの？　わたしたちは運命なんだよ？

そう言って、馬車に引き返そうとしたエドを引き留めようとしたとき、エドはある一点を見て、固まった。

「なぜ？」

「エド……？」

「なぜ、リュゼリアが……？」

呆然と呟かれた視線の先には、リュゼリア様——わたしの恋敵で、元王妃様の後ろ姿があった。

「やだっ、リュゼリア様じゃないですか！」

——やっぱり、神様は、わたしの味方だ。

◇◇◇

「リュゼリア様も、ラグルナ湖に来ていたんですね！」

そう言いながら、本当に友人のように、親しげに駆け寄ってくるアイリ。

私たちの関係は友人ではないどころか、エドワード陛下と離婚した今となっては、他人に近い。

少し離れたところに見える護衛を除けば、エドワード陛下とアイリは二人っきりで、ラグルナ湖に来ている。

やっぱり、エドワード陛下はアイリが一番大事なのね。

心の中で納得しつつ、微笑んで見せる。

「あら、ダルゼン嬢……それに陛下も。いらっしゃっていたんですね」

アイリは、むぅ、と頬を膨らませる。

「アイリって呼んでくださいよ、リュゼリア様！　だって、リュゼリア様はエドの……じゃなかった、わたしの友達なんですから」

私たちが友人？　いったいいつから？

冗談にしては、笑えないわね。

そして、また愛称で呼び、それを止めないエドワード陛下。

本当に、笑えないわ。

「それにっ、隣の方は誰なんですか？」

「私は、アキルと申します」

私をアイリたちの視線から遮るように、前に出て、アキルは恭しく礼をした。

「……快活なお嬢様、名前をお伺いしても？」

「アイリ・ダルゼンですっ！」

顔を赤らめながら名乗ったアイリは、エドワード陛下の腕をとり、続けた。

「エドとは、幼馴染なんです」

ねっ、アイリはとエドワード陛下を見たけれど、エドワード陛下はぼんやりとした顔をしていた。

「でも、さすがリュゼリア様！　こんなにかっこいい方とお知り合いだなんて……」

「光栄です、ダルゼン嬢。では、私共は予定があるので、これで」

そう言って微笑み、アキルは流れる動作で私をエスコートする。

あまりに自然な動作だったからか、それ以上アイリたちに追及されることなく、その場を離れることができた。

「……ここまでくれば大丈夫でしょう」

足を止めたのは、ラグルナ湖を一周できる舟の前だった。

受付係に券を渡すと、さぁ、とアキルに手を差し出され、その手をとる。

舟は小さいのに意外と安定感があった。

アキルはゆっくりと舟をこぎだした。

穏やかに流れている景色を見る。

「……リュゼリア」

「はい」

夕日が目に眩しい。

「私は――あなたを妻にと望んでいます。あなたに恋をしているから」

「……はい」

小さく頷き、続きを聞く。

「ですが、私はあなたがエドワード王を心から愛していたことを知っています」

アキルは、私がエドワード陛下に対する恋心で苦しんでいるのを知って、恋心を消す薬をくれたんだものね。だから、知っているだろうけれど……。

なんで今、その話をするのかしら。エドワード陛下と会ったから……？

内心で首をかしげながら、頷いた。

「だから、あなたに伝えなければならないことがある」

まっすぐに私を見つめて言われた言葉に、姿勢を正す。

「リュゼリアは、エドワード王に傷つけられたことが多々あるでしょう？」

「……はい」

婚約期間の後半、そして、結婚してからの二年間は傷つけられてばかりだった。

婚約期間の前半は、そうではないことの方が多いけれど。

「ですがもしも、エドワード王が何者かによって操られていたのだとしたら」

「……え？」

呆然と、アキルを見つめ返す。

そんなこと考えもしていなかった。

「あなたは、エドワード陛下を赦しますか？」

第六章

「……眠れなかった」

アキルの舟の上での衝撃的な発言の後。

どうやって、離れに帰ったか記憶も曖昧だ。

『何者かによって操られていたのだとしたら。エドワード陛下を赦しますか？』

ずっと同じ言葉が頭の中をぐるぐると回っていて、一睡もできなかった。

はぁ、とため息をつきながら、起き上がる。

「リュゼリア様」

「おはよう、マーサ」

心配そうな顔をしたマーサが私の顔を覗き込んだ。

「あまり眠れなかったのですか？」

「少し考え事をしていただけだから、大丈夫よ。気にしないで」

それでもなお心配そうな顔をしているマーサに微笑んで見せる。

「ほら、ぜんぜん元気よ。でも、そうね。……後でお昼寝しようかしら」

「ぜひ、そうしてください」

冗談っぽく言ったのに、強く頷かれてしまった。

……そんなにひどい顔してるかしら。

鏡を見ると、確かに目が充血していた。

これじゃあ、ぜんぜん眠れてないです！　って言っているようなものよね。

とりあえず、冷たいタオルを目にあてて、冷やした。

「リュゼリア様、やはり、ラグルナ湖で何かあったのですか……？」

「……そうね」

何かあったと言ったらあった。

エドワード陛下とアイリにも会ったし、アキルの発言も気になるし。

「私どもでは力になれませんか？」

「マーサたちはいつも力になってくれているわ」

でも、今回の件をストレートに伝えるのは憚《はばか》られる。

だって、一国の王が何者かに操られている可能性があるって、よっぽどのことだわ。

いえ、もしかしたら、アキルが言っていたのは何かのたとえかもしれないけれど。

というか、そうであってほしい。

そうじゃないとこの国……メグルスは、かなり危険な状態にあるってことだし。

……でも、そうね。

「ねぇ、マーサ」

「はい」

「マーサは、とんでもなく嫌なことを人にされたとして。それが、その人の本来の意思じゃなかったら、その人のこと、赦せる？」

　マーサは考え込んだ。

　そうよね。答えがなかなか出ないわよね。

　だって、本意じゃなかったとはいえ、傷つけられたことは事実なんだもの。

「……私は」

　マーサの回答に耳を傾ける。

「赦したい、と思うと思います。でも、本当に赦せるかはわかりませんが」

「……そうね」

　私が一晩で考えた回答もだいたいマーサと同じだった。

　赦したい、とは思うかもしれない。

　でも、実際に赦せるかは別問題。

　それに、操られていたのが、どこまでかもわからないし。

「ありがとう、参考になったわ」

「……いいえ」

　そして、ここで深く聞いてこないマーサは本当に私のことをわかってくれている。

　マーサに朝の支度を手伝ってもらいながら、考えた。

そもそもアキルはなぜ、あの場面で、エドワード陛下のことを口に出したのかしら。

アキルとエドワード陛下が出会ったのは、あの場所が初めてだと思う。

でも、そんな初対面の人を見て、操られているかもって、わかるものかしら。

そういえば、アキルは錬金術師……なのよね。

錬金術師で、特別な体質を持っているとも言っていた。近い血縁以外の人の顔の見分けがつかないと。

でも、表情は読み取れると言っていたから、エドワード陛下の顔を見て、何かがわかったということ？

……わからない。

「……リュゼリア様？」

はっとする。

「え、ええ。いつもありがとうマーサ」

支度を整えてもらったお礼を言って、立ち上がる。

表情は先ほどよりずいぶんましになっていた。

「いいえ。それでは、朝食がお待ちですよ」

「ええ、そうね。いってきます」

イーディスの作ってくれた朝食——おいしすぎて二回もおかわりした——を食べた後。

「今日はどうしようかしら？」

マーサにお昼寝するとは言ったけど、それ以外の予定は決まっていない。

刺繍とかピアノとか読書とか。しばらく手を出していなかった趣味に没頭するのもいいわね。

「……うん、そうしましょう！」

まずは、何をしようかしら。

部屋を見回すと、ある本が目についた。

その本は、私が幼い頃に読んでいた童話で、『魔女と女の子』というタイトルだ。

懐かしく思いながら、ページをめくる。

この本に出てくる魔女は実はこの国の女神で、家族が病気で苦しんでいる女の子に魔法の力を授けてあげる。女の子は喜んで魔法の力を使い、その力で家族を治してハッピーエンド。

あらすじはわかるものの、詳細までは憶えていない。

ソファに座って、本格的に読むことにした。

——童話だけど、意外とこの本は、奥が深いのよね。

そんなことを考えながら読んでいると、眠たくなってきた。

「……」

瞼が重い。だんだんと本の文字が遠くなっていく。

……もう少しで読み終わるんだけどな。

そう思ったのを最後に、私は意識を手放した。

◇◇◇

「……ゼリア」

「……ん」

誰かの声が聞こえる。

誰だっけ、この声。懐かしい感じはするけれど、思い出せない。

「リュゼリア、起きて」

体を揺すられ、ようやく重たい瞼が開く。

「ああ、やっと起きた」

安心したように微笑んだのは、幼い頃のエドワード陛下、だった。

「……私、は」

「ごめんね、リュゼリア。妃教育で最近特に疲れがたまっているのは知ってたんだけど」

そうだ、私は、エドワード殿下の婚約者として一年が過ぎたばかり。

……あれ？　そうだったかしら。

私は、エドワード陛下と結婚したはずじゃ……。

頭の中で様々な記憶が流れ、混乱する。

「君の声が聞きたくて起こしちゃった。……リュゼリア？」

こんなに優しい声、聴けたのはいつぶりかしら。

……いえ、私は毎日聞いているはずよ。なのにどうしてそんなこと思うの？

「まだ、寝ぼけているのかな？」

そういって、エドワード殿下が私の頭を撫でる。

小さな手は、優しくて、温かい。

思わずまた、微睡《まどろ》んでしまう。

「ふふ、かわいい私の婚約者は、まだ眠いみたいだね」

エドワード殿下はそう言ってまた頭をなでた。

「ねぇ、リュゼリア。君にいつか紹介したい子がいるんだ」

……誰かしら。

「君がさっき読んでたこの本みたいに、不思議な力が使える私の妹みたいな女の子」

……エドワード殿下の妹かぁ。きっと優しくていい子ね。

でも、よかった。

遠くの男爵領で育ったエドワード殿下は、あまり国王夫妻からの愛情を受けられなかったから。

だから、エドワード陛下に家族みたいに思える子がいて、嬉しい。

「あっ、もちろん、私の特別は君だよ。それは、忘れないでね」

……特別。

だったら、なんで――……。

「何も教えてくれなかったの？」

思わず、口をついて出た言葉にはっとする。

そうだ、私、私は……。

そう思った瞬間、急速に意識が遠いた。

◇◇◇

「……んん」

欠伸《あくび》をして、目を覚ます。

「……懐かしい、夢だったわね」

実際にあったことを夢で見るなんて。でも、かなり昔のこと過ぎて、すっかり忘れていた。

『魔女と女の子』の表紙を撫でる。

きっとこの本のせいね。

「……でも」

そういえばエドワード陛下が言っていた、不思議な力が使える女の子って誰だったのかしら。

……まさか、アイリ？

確かにアイリはエドワード陛下よりも年下だから、妹っていう表現もありえなくはないけど。

「……まさかね」

そんな曖昧な記憶のことは、放っておくとして。

お昼寝をしたから、体がすっきりしている。

本を片付けた後、次は何をしようかと部屋を見回す。

目に入ったのは、宝石箱だ。

お父様が私にくれた星型の宝石も入っているその箱を開ける。

「……あ」

アキルにもらった、赤い花のイヤリングを手に取る。

一瞬で花降祭のことが思い起こされ、笑みが浮かんだ。

そういえば、つい数日前なのよね。昨日が衝撃的過ぎて、忘れていたけれど。

そして、他にも私が所有するアクセサリーや宝石に紛れて入っていたのは、緑の耳飾りだ。

「……！」

緑の耳飾り——それは、以前街で偶然会ったとき、エドワード陛下がくれたもの。

結局一度も使ったことはなかったけれど……。

「……私は」

エドワード陛下のこと、もうどうでもいいと思っていた。

だって、エドワード陛下を想っていた頃、とても苦しかったから。

やっと、どうでもよくなれて、ほっとした。

……でも。

私を傷つけてきたエドワード陛下の行動が、もしも誰かによってもたらされたものだとしたら。

——エドワード陛下を赦しますか？

アキルの問いに対する私の考えは、わからないという曖昧過ぎる答えだけど。……それでも。

耳飾りを握りしめる。

私は、知らなくちゃいけない。

エドワード陛下は、ずっと隠していた。

急に冷たくなった理由。アイリを呼び寄せた理由。そして、足しげく彼女の部屋に通う理由。

それらの理由と、アキルが言った言葉の意味。

全部、知らなくちゃ。

だって、私はリュゼリア・ロイグ。ロイグ公爵家の長女で、元王妃で……エドワード陛下の元妻、だから。

私が前に進むために。私が愛せる私であり続けるために。

これは、きっと必要なことだ。

宝石箱の中に耳飾りを片付けて、机の引き出しを開けた。

そこには、一昨日アキルからもらった手紙が入っている。その手紙には、今のアキルの滞在先が書かれていた。

昨日、ラグルナ湖から帰るとき、アキルに言われたのだ。

――問いの答えが決まったら、アキルのところに来てほしいと。

「マーサ」

ベルを鳴らし、マーサを呼び出す。

「はい」

マーサはすぐにやってきた。

「今から出かけるから、支度を手伝ってくれない？」

——馬車に揺られながら、私はエドワード陛下とのこれまでのことを思い返していた。

優しく私の手を握ってくれた、幼い頃のエドワード陛下。

「私たちは、夫婦になるのだから」が口癖で、いつだって、優しかった。

青年になったエドワード陛下。

目も合わなくなって、笑顔を見せてくれないどころか、名前も呼んでくれなくなった。

結婚してからのエドワード陛下。

アイリの部屋に足しげく通い、アイリを虐げたと私を糾弾した。

私が恋心を失くしてからは、急に私に構うようになったけれど……。

今のエドワード陛下には、たくさん傷つけられた。でも、過去のことを思い返せば、彼に傷つけられたことしかないわけじゃない。

だから……。

もし、アキルの言っていることが本当なら、エドワード陛下のこと、赦したいと思う。

でも……。

「……あ」

馬車が止まった。

どうやら目的地に着いたみたいね。

アキルの居場所……は、大国の王族らしからぬ、簡素な一軒家だった。

馬車から降りると、アキルが出てきた。

「リュゼリア、答えは決まりましたか？」

「……はい」

頷きながら、アキルを見つめる。

……相変わらず、綺麗な瞳ね。

凪いた海のような青い瞳は、とても綺麗だ。

「では、リュゼリア、どうぞ」

差し出された手を取る。

——この先に待っているのが、どんな秘密であったとしても。

私は、知らなければならないと思うから。


アキルの家の中は思った以上に広かった。

ごぼごぼと音を立てながら加熱されている、何らかの液体や、私では読めない文字の羅列がある板、複雑な模様が描かれた紙……どれも興味をひかれるけれど、私が今回アキルの家を訪ねたのは、そのためじゃないわ。

雑念を追い払うため、一度目をぎゅっと閉じて、開く。

「こちらへどうぞ」

アキルの言葉に従い、ついていくと応接室に通された。

「ソファに座ってください。紅茶を淹れますね」

この家にアキル以外の人の影を感じない。まさか、大国の王太子ともあろう人が、一人で住んでいるのかしら。

それになのに、紅茶を淹れてくれるっていうことは、手ずからするってこと……？

今の私は、ただの公爵令嬢で、王妃じゃないし、さすがにそれは申し訳ないわ。

様々な考えが頭の中に浮かんでは消えていく。

すると、アキルがトレーに陶磁器のポットとカップをもってやってきた。

そして本当に、自らの手で紅茶を淹れ……って、え、本当に⁉

「……ふふ。そんなに熱く見つめられると、照れますね」

苦笑されて、自分が彼を凝視していたことに気づく。

「不躾でしたね。申し訳ございません」

「いいえ。あなたに見られて悪い気はしませんから」

スマートな仕草で紅茶を私の前に置くと、アキルは向かい側のソファに座った。

「冷めないうちにどうぞ」

ありがたく紅茶が入ったカップを持つ。

品の良い香りが鼻腔をくすぐった。それに、紅茶の色もとてもとても綺麗ね。

感嘆の息を吐いて、紅茶を口に含んだ。

「！」

すっごく美味しい！

淹れる技術も高いのはもちろんのこと、この茶葉、とても上手に保管されていたのね！

感動しつつ、カップを置く。

「……ふふ」

「アキル？」

どうしたのかしら。

「あなたは本当に、少女のようで愛らしいですね。紅茶を気に入っていただけたようで何よりです」

「……!!」

は、恥ずかしい。恥ずかしすぎる……！

紅茶が美味しいって、顔に出すぎていたのよね。

これでも、一応王妃としての淑女教育を受けてきたのに。

でも、もう、自分を隠すことはやめにしたから、それで正解？

でも、他国の王族の前で、さすがにはしたなかったわよね。

「そんなあなたも好ましく思いますが……リュゼリア」

アキルもカップを置いた。思わず背筋を正す。

そうだ。今日は別に美味しい紅茶を飲みに来たわけじゃない。

「はい」

「答えをお教えいただいても？」

「……はい」

一晩考えた私の答え。

「赦したい、とは思います」

「……そうですか」

アキルは、ゆっくりと微笑んだ。その笑みを見つめながら続ける。

「赦せるかはわかりませんが。――それでも私は、知らなければならないと思います」

「知りたいとそう思われるのですね」

アキルは、一度目を閉じると、ふ、と息を吐きだした。

そして、ゆっくり目を開ける。

「……リュゼリア」

「はい」

「以前、私の目についてお話ししましたね」

アキルの目。人の顔が認識できない、特別な瞳。

「……はい」

「実は、この目にはもう一つ、秘密があるのです」

もう一つ……。今回のことに関係するとすれば、それは……。

「普通の人は持ちえない、何か別の力――魔法、と呼ばれるような類のものの力が見えるのです」

「！」

じゃあ、それって……。

どくどくと心臓が脈打つ。

続きを聞きたいのに、聞いたらもう後戻りができなくなる気がして、聞くのが怖い。

「……エドワード・メグルス王、彼には」

瞬きも忘れてアキルを見る。

「――悪い魔法がかけられています」

「……」

何か声に出そうとした。でも、声の代わりにひゅっと、息を呑む音が出ただけだった。

『リュゼリア』

幼い頃のエドワード陛下を思い出す。

『私たちは、夫婦になるのだから』

じゃあ、あんなに優しかった彼が、変わってしまったのは魔法のせいだった？

私が気づいていたら、エドワード陛下は……。

指先が白くなるほど、手を強く握りしめる。

そうでないと、気を保っていられる気がしなかった。

「――彼にかけられている魔法は、おそらく二つ」

「……え？　二つ……？」

今、アキルは何と言った？

「……はい。二つです」

アキルは二本の指を立てた。

「一つは、かなり昔……おそらく幼少期にかけられたもの」

エドワード陛下は、かなり前から苦しんでいたってこと？

私は……それにずっと気づかなかった？

「そして、もう一つは、ここ数年……そうですね、二、三年前からかけられ続けているもの」

「……かけられ続けている？」
二、三年前といえば、私たちが結婚した頃だ。
「……はい。二つ目は、そんなに強いものではないですが、何度も同じ魔法をかけることによって、日々効果を増しています」

アキルは、一度視線を落とすと、私に向き直った。

「……リュゼリア」

「……はい」

自分が出した、か細く小さな声に、驚く。

それだけ衝撃を受けていたから、だけど。

「今日は、ここまででやめておきますか？」

「いいえ」

首を振る。今度はしっかり声が出た。私は、知らなければならないから。

アキルは、わかりました、と頷いて続けた。

「リュゼリア、心当たりはありませんか？」

「心当たり……」

「はい。幼少期から、エドワード王を知っていて、ここ二、三年もそばで魔法をかけられた人物です」

……私が知る限りのエドワード陛下の交友関係では、一人しかいない。

でも、そんな……。まさか、そんなわけないわよね。

いいえ、でも……やっぱり、あるとしたら。

「一人いますが……でも……」

「昨日、お見かけした女性……アイリ・ダルゼン嬢が、術者ではないかと」

――アイリが。

アイリが、エドワード陛下に魔法をかけていた……？

「……リュゼリア」

アキルは、私の名前を柔らかく呼んだ。

「私があなたにまず、惹かれたのは、その高潔な恋心です」

エドワード陛下に対する恋心。

「私はあなたを妻にと望んでいますが、だからこそ、あなたには幸せになってほしい。……だから」

アキルは、懐から、ガラスの小瓶を取り出し、テーブルに置いた。

「……これは？」

「私が錬成した薬です」

小瓶の中には、青い液体がゆらゆら揺れている。

「この薬をエドワード王に飲ませてください。そうすれば、魔法が解けます」

……魔法が解ける。でも、待って。

「エドワード陛下には、そもそもどんな魔法がかけられていたのですか？」

悪い魔法とは聞いたけれど、どういう風に悪い、のかわからない。

「一つ目のほうは、体に関わる魔法です」

「……体に？」

体に関わる魔法……、エドワード陛下ってどこか悪いところでもあったかな。

そんなそぶりは見たことがないけれど……。

「はい。おそらく下半身系を悪くする魔法でしょうね」

足とか、腰とか、かしら……？

「そして、二つ目が、精神に関わる魔法です。相手――この場合は、術者であるダルゼン嬢の言うことを聞きやすくする魔法のようです。何度もかけられた痕跡があったので、もう少し、強い魔法になっているかもしれませんが」

「そんな……」

じゃあ、エドワード陛下がアイリをかばったり、私を糾弾したりしたのって――……。

「もちろん、すべてが魔法のせい、とは限りませんが。一度魔法を解いたまっさらな状態で、お二人で話し合ったほうがよろしいと思います」

ですが、と一つ息を吐きだして、アキルは私を見つめた。

「なぜ、ダルゼン嬢が今日まで王城にいられたのか、一度探る必要もあるかもしれません。……これは憶測ですが、側近の方々に、王位簒奪《さんだつ》を考えている輩《やから》がいて、今日まで野放しにしたという可能性もありますから」

「……そうですね」

思えば、アイリがいくら幼馴染とはいえ、それをエドワード陛下が望んだとはいえ、政治的な立場が弱い男爵家の娘を城にずっと留まらせておくのは、不自然だ。

アイリを愛妾に迎えるつもりなのかと思っていたけど、それは本人によって否定されたし。

……つまり、重鎮たちにもそう伝えているはずだし。

エドワード陛下の周りは、思っていたより優しくないのかもしれない。

「顔色が悪いですね。……無理もないですが」

恋心をなくしても、幸せになってほしいとは思っていた。

そんな人が、実は、魔法で操られていたかもしれない。

「……私は」

知らなければいけないと思っていた。

実際、知ることができた。……でも。

「何も――見えていなかったのですね」

エドワード陛下のあんなに近くにいたのに、何一つ、気づいていなかった。

俯いて、唇を噛み締める。

そうでないと、感情があふれ出しそうだった。

幼い頃は、いつだって、手を繋いでいたはずなのに。

先に手を離したのは、私だったのかもしれない。

私がもっとエドワード陛下の変化に敏感だったら。私がもっと、エドワード陛下の信頼を得ていたら。私が――……。

「……リュゼリア」

「！」

「メグルスでは、錬金術や魔法は、使わない人が大多数。……そうですね？」

まるで諭《さと》すような口調で、アキルは私を見つめる。

「それは……でも」

「事象をすべて予測し、発見することはだれだって不可能です。それも、ほとんど起こりえないことならなおさら」

「……そう、ですね」

後悔は消えない。

でも、過去はどう足掻いたって変えられないから、今をより良くするしかない。

「アキル、この薬はおいくらでしょうか？」

テーブルの上では、小瓶に入った薬が青く煌《きら》めいている。

「代金は要りません」

「ですが……！」

魔法を解く薬だなんて、作るのも簡単じゃないだろうし、王太子ながら薬師としてこの国で生計も立てているアキルに対して、不誠実な気がする。

「その代わり、といってはなんですが、ひとつ、お願いがあります」

◇◇◇

（アイリ視点）

今日も治療のためにわたしの部屋を訪れたエド。

「……エド？　エドったら」

エドは、ラグルナ湖から帰ってきた後もずっとぼんやりしていた。

原因は、わかってる。

元王妃様――リュゼリア様とその隣にいたアキルとかいう男性のせいだろう。

かわいそうなエド。

リュゼリア様をあんなに想っているのに、当のリュゼリア様は、もう別の男の人といたんだもんね。

ショックを受けるのも無理もない。

やっぱり、早くエドの目を覚ましてあげなきゃ！

エドの運命の相手はわたしなんだって、気づかせてあげるんだ。

それで、王様なんて責任ばっかりで辛い仕事なんてやめて、わたしと男爵領でゆっくり暮らすの。きっと、素敵で幸せな生活がエドを待ってるわ。

そう気持ちを固めながら、エドの前のテーブルに、カップを置く。

「……エド、ハーブティーを淹れたよ。ほら、飲んで？」

「アイリ……、治療を早く」

「前にも言ったけど、治療をするには、心がリラックスしてなきゃ。……治らないと、リュゼリア様を迎えに行けないんでしょ？」

エドの病気が今治ることは絶対にないんだけどね！

ちょっと意地悪なことを、心の中で付け足して、微笑む。

だって、エドが悪いんだもん。

運命の相手は、こんなに目の前にいるのに気づかないんだから。

「あぁ、そうだな」

リュゼリア様の名前を出したら、すんなりハーブティーを飲んだエドに苛立ちと安堵を覚えながら、私もエドの隣に座る。

「ねぇ、エド……」

「……どうした？」

「エドは、運命って信じる……？」

生まれた時から、ううん、生まれる前から決まってる定め。わたしは、信じてる。エドとわたしは一緒になるべき二人だって。

「ああ、信じてる」

小さく頷いたエドは、遠い目をしていた。ここにはいない誰かを想う瞳だ。

そんな行動一つに傷つく心を隠して、微笑む。

「そっか。わたしと一緒だね。じゃあ、エドは、神様って信じてる？」

伝承では、この国は恋と花が大好きな女神様が創ったことになっている。

「いるはずがない。いたとしたら、ダルク兄上は……」

エドはいまだに、亡くなったお兄さんの幻影に囚われている。

でも、その原因もリュゼリア様だ。

完璧なお兄さんが彼女の婚約者になるはずだったから。

エドの考えは結局のところ、すべてリュゼリア様に繋がっている。

でも、それってどうなの？

好きだったらそこまで尽くさなきゃいけないの？

「エド、お兄さんのことは本当に残念だったけれど……」

わたしにとってもとても残念だ。

だって、お兄さんが亡くならなかったら、エドとずっと一緒にいられたわけだし。

「でも、今、生きてるのはエドだよ？　エドはエドの人生を生きなきゃ！」

「……そう、だな」

ハーブティーのおかげか、いつもの言葉にエドは珍しく頷いてくれた。

「ねぇ、エド……」

「どうした？」

わたし、こんなにエドが好きなんだよ？　……って伝えたいけど、まだだめだ。

「エドは、わたしのことどう想ってる？」

「それは……妹みたいな、大切な幼馴染だと思っている」

妹。……家族っていう恋愛から、程遠い存在。

なんで？

どうして、そんなにリュゼリア様がいいの？

たまたま高位貴族で、幸運にもエドの婚約者に選ばれただけでしょ？

口元まで出かかった言葉を、飲み込む。

「……そっか、うん、嬉しいよ。ありがとう」

ウソを紡ぐわたしの顔はちゃんと笑えているだろうか。

「……アイリ？　どうした？」

「う、ううん！　なんでもないよ!!　それより、今日の治療しよっか」

はい、と手を差し出す。

「……ああ」

手を握られて、熱と共に、わたしの力も巡ってくる。エドの体内を流れるわたしの力は、健在だ。

……早く『彼』にエドを王の座からしりぞけてもらわないと。そして、わたしだけを見てもらえるようにするんだ。

そうすれば、きっと。

きっと、エドはわたしだけを愛してくれるはずだから。

◇◇◇

（エドワード視点）

「……ロイズ？」

今日の治療を終え、自室に戻ると、ロイズが私の部屋の前で待っていた。

「陛下」

「どうした？」

ロイズは、神妙な面持ちで一通の手紙を差し出した。

受け取り、ひっくり返して封を見る。

ロイグ公爵家の家紋がついており、差出人は……。

「リュゼリア……」

なぜ。もう私のことなどどうでもいいのではないのか。

震える手で、その手紙を開ける。

「……」

美しいが硬さもある紛れもない、リュゼリアの筆跡で綴《つづ》られた言葉。その一つ一つを読み漏らすことのないように、ゆっくりと目を通した。

「……ふ」

読み終わった手紙を大切に封筒にしまう。

「……手紙にはなんと？」

声をかけられて初めてロイズがまだいたことに気づく。

「あぁ。……どうしても直接伝えたいことがあるから、会いたいと」

なんだろう。やはり、先日、ラグルナ湖で出会ったときに共にいた男のことだろうか。

「ロイズ、面談の調整を頼む」

「それは……かまいませんが。どうされたんでしょうね、急に」

首を傾げながら、去って行こうとするロイズに付け加えた。

「面談は私と、リュゼリア、彼女の従者、ロイズ、だけで行うから、そのつもりでいてくれ」

「……四人ですか？」

振り向いたロイズの顔には、冗談だろうと書いてある。

「ロイグ嬢は、いまや公爵令嬢です。いくら元王妃とはいえそれは……」

「いや、四人だけだ。そして、このことは誰にも話すな。いいな？」

「陛下っ！」

それだけ伝えて、自室に入る。まだ遠くでロイズの声が聞こえたが、気づかない振りをした。

机の最上部の引き出しに、リュゼリアからの手紙を入れ、鍵をかける。

手紙には、こうも書かれていた。

この面談の予定を、信用できるもの以外に話すな、と。

リュゼリアがそこまで、念を押すほどの話、とはいったいなんだろうか。

なんにせよ、リュゼリアが……私とどうしても話したいというのなら、否《いな》という理由はなかった。

「リュゼリア……」

月の妖精のように可憐で、強い意志を秘めている私の女神。

女神がもたらすのは、喜びか痛みか。

どちらにせよ、君から与えられるなら、それは幸いに違いなかった。

◇◇◇

——数日後。

「……陛下。この度はお時間をいただきまして、ありがとうございます」

王城の一室で、アキルとともに礼をする。

……そう、アキルも薬がちゃんと効くか見たい、という理由で……一緒に来ていた。

さすがに、大国の王太子……と言うわけにはいかないので、私の従者として後ろに控えている。

数日ぶりに見るエドワード陛下は、憂い顔をしていた。

「いや……それで、話とは？」

「……はい。本題に入る前に、陛下にお尋ねしたいことが、一つございます」

「わかった」

エドワード陛下が頷いたのを確認し、まっすぐに見つめる。

「……陛下、恐れながら、下半身系に病を患われていませんか？」

「っ！」

なぜ……と、震える唇で、そういったエドワード陛下は、ロイズを見た。

ロイズ、やっぱり何か知っていたのね。

私がロイズに聞いた時も、なにも教えてくれなかったのに。

「私は……」

エドワード陛下は何かを言いかけ、やめた。そして、小さく頷く。

「……ああ。そうだ」

その答えに息を吐く。

「やはり、そうだったのですね」

「君は、どこでそれを？」

私は質問に答えず、鞄の中から二つのガラスの小瓶を取り出した。

「……これらは？」

一つの小瓶は、空だ。そしてもう一つの小瓶は、青い液体で満たされている。

「薬瓶です。ひとつは、私が以前飲んだもの。そして、もう一つは、陛下に飲んでいただこうと思っているものです」

……薬瓶？

「まさか、リュゼリア——君も、どこか悪いのか⁉」

前のめりになるエドワード陛下には、焦りが見えた。

そんなエドワード陛下を安心させるために、首を振る。

「私の場合は、病のためではありません」

「……そうか」

ほっと、息を吐きだしたエドワード陛下に胸がつまる。

でも……続けなきゃ。

「……陛下。私が、以前、あなたに恋をした私は死んだ、と言ったことを憶えていますか？」

苦しくて、苦しくて、死にたかった。だから、死ぬことにしたのだと伝えたときのことだ。

「……あぁ」

頷いたのを確認して続けた。

「私は、この小瓶に入っていた薬を飲み干し――あなたへの恋心を失いました」

空の小瓶を振って見せる。以前、黄金色の液体で満たされていたそれは、今は空気しか入っていない。

「それなら、まさか……この薬を飲んで、私に君への恋心をなくせと？　いや、そもそも恋心を消す薬など、聞いたことが……」

信じられないものを見る目で、私を見つめるエドワード陛下を強く、見つめ返す。

「ですがこの薬を飲んで、私は確かにあなたへの恋心が消えました。その変化は、陛下、あなたが一番ご存じのはず」

「そんなまるで、魔法のような、薬……」

魔法なんて……、と呆然と呟き、やがて、はっと思い出したように、エドワード陛下は私に尋ねた。

「魔法使いか、錬金術師の薬か？」

「はい。この薬を作ったのは、錬金術師で、こちらの彼……アキルが作ったものです」

アキルは、エドワード陛下に向かって、恭しく礼をした。

「陛下には、これを飲んでいただきたく」

「……その薬の効果は？」

「魔法を解く薬です」

悠然とそういったアキルに、エドワード陛下が顔を顰かめる。

「まさか、私が何者かに魔法をかけられていると？」

……まぁ、そうよね。簡単には頷かないか。

「……はい。その通りです、陛下」

けれど、アキルも引かなかった。深く頷き、小瓶を指し示す。

「こちらを飲めばすぐに効果が出るので、お判りいただけるかと」

「……っ陛下、ここまでにしましょう」

今まで黙っていたロイズは、アキルを指さし、語気を強めた。

「ロイグ嬢はこの錬金術師だとかいう、胡散臭い男に騙されているのです‼」

そういって、エドワード陛下を連れて行こうとする。

「さぁ、陛下！　次の予定がつまっております。行きましょう」

「まぁ、待て」

そんなロイズを手で制すと、エドワード陛下は、アキルを見つめた。

「……この薬が、魔法を解く薬だという保証はどこにある？　毒かもしれぬものを簡単に飲めると思うか？」

「それは――」

「私が保証いたします。もし異なる場合は、私の首を刎《は》ねていただいて、構いません」

「⁉」

アキルの言葉に被さるようにして言う。

「リュゼリア⁉」

案の定、エドワード陛下もアキルも焦った顔で私を見つめているけれど、知らないわ。

「飲むか、飲まれないかは、陛下にしか決められませんが……」

私は、目を逸らさず、エドワード陛下を見つめる。

ここで、引いたらエドワード陛下は、絶対に飲んでくれない。そういう性格だと知っているもの。

「……まったく、君は」

あきれたようにため息をついたエドワード陛下は、一度顔を伏せ、それから、まっすぐに私を見た。

「――飲もう」

「陛下⁉　これが毒ではないという保証は……！　せめて、私に毒見を」

焦るロイズ殿を、無視してエドワード陛下は、小瓶のふたを開けると、中身を一気に飲み干した。

「……ふ」

小瓶を、机に置く。

「何をしているんですか、陛下‼」

ロイズ殿は、顔を真っ赤にして、私をにらんだ。

「ロイグ嬢、いくら元王妃といえど――」

……そのときだった。

「⁉」

エドワード陛下から黒い靄《もや》が出てきて、それらがとある方向に向かって進んでいく。

「……今のは」

「解かれた魔法が戻っていったのでしょう」

冷静にそう分析したアキルを前に、エドワード陛下は、呆然としていた。

「……そんな」

自分に魔法がかかっていたなんて、ショックだろう。

……当事者じゃない、私も胸が痛いもの。

「魔法が本当に解けたか、医師を呼んで確認いたしますか？」

「……いや」

アキルの言葉に、エドワード陛下が小さく首を振る。

「なんとなく、感覚でわかる。リュゼ――」

エドワード陛下が、何かを言いかけたとき、騒がしい音が、応接室の外から聞こえてきた。

エドワード陛下は、立ち上がり、扉のほうへ視線を向ける。

「エド。エド、いるんでしょ⁉　どうしたの、何かあったの⁉」

この声……アイリかしら。

でも、おかしいわ。いつもと声が……少し違うような。

「エドっ、何かあったんだよね！　どうしたの⁉」

「なぜ、私がここにいるとわかった」

私たちも思わず立ち上がり、エドワード陛下の近くに行く。

とても冷たい声で、エドワード陛下は、扉越しにアイリに話しかける。

「……エド？　どうしちゃったの？　ロイズさんに聞いたんだよ」

「……そうか」

前のめりになっていたのか、エドワード陛下が扉を開けると、アイリが転がるようにして、応接室に入ってくる。

「では、なぜ、私に『何かあった』、と思……っ」

エドワード陛下は、追及する言葉を途中で止めた。

その理由がわかる。

なぜなら、アイリは――……。

「え？　なんでって、エドを心配して……。リュゼリア様が、来てるんでしょう？　リュゼリア様に何かされたんじゃないの？」

アイリはきっ、と老婆のような顔で私をにらみつけた。

「……本当に、アイリなのか？」

エドワード陛下が、ゆっくりとアイリに近づく。

「そうだよ！　わたしっ……」

「なぜ、そんな恰好をしているんだ？」

「え、いつも通り……だけ、ど」

ピンクのドレスは、いつもアイリが身に着けていたものだった。

でも、エドワード陛下が言いたいのは、きっとそこじゃない。

「……おそらく、魔法返しでしょうね」

アキルが冷静にそう言うと、アイリは、自分の手を見てはっとした顔をした。

「……！　なに、これ……」

アイリが急いで部屋の隅の鏡に駆け寄る。アイリの美しかった金の髪は、真っ白になり、肌は、がさがさ。顔はずいぶん老け込み、ところどころ大きなシミもできていた。

「……アイリには感謝していた」

「え、え、どうしちゃったの、エド。なんだか、怖いよ。それに、この姿だって、きっと、何かの間違いで……」

そんな姿になってもうるうると涙目になってエドワード陛下を見つめる、アイリ。

「……私に子種がない原因はアイリだったんだな」

……え。子種が、ない……？　思わず、息をのむ。

「……エド？　なんで、なんで、そんなことというの⁉　わたしあんなに必死に……」

「ハーブティー」

エドワード陛下は、冷淡な瞳でアイリを見つめた。

「ハーブティーがどうしたの……？　毎日、頑張って――」

「あれに魔法をかけていたんだろう？　あれを飲むと、頭がぼんやりしていたからな」

「そ、それは、エドが、くつろげるようにって！」

アイリは、私は悪くないもん‼　と続け、きっと私をにらみつけた。

「ぜんぶ、ぜんぶ、お前のせいだ‼　わたしは、エドを好きなだけなのに！！　お前がいなければ、今頃、わたしたちは幸せだったのに‼　お前が‼　お前がぁー‼」

そう叫ぶとアイリは、勢いよく立ち上がり、私に突進してきた。

とっさのことで、体が動かなかった。

つかみ、かかられる……！

「リュゼリア‼」

ぎゅっと目を閉じて、衝撃に備えるけれど、一向に衝撃はやってこなかった。

「……大丈夫ですか、リュゼリア」

アキルの声に、おそるおそる、目を開けると、私はアキルに肩を抱かれていた。

アキルのおかげで、避けられたみたい。

代わりに、アイリは、勢いのまま転んでしまったようだ。

「くっそ、なんで⁉　このあばずれ女‼　エドと別れたからってすぐほかの男に乗り換えるようなこんな女……。エド、王様なんかやめて、わたしと一緒におうちに帰ろ？」

「なるほど、私を王の座から引きずり下ろしたかったんだな」

「そ、そんなこと、言ってないよ！」

「だから、ロイズと手を組むことにしたんだな？」

ロイズの名前を出した途端に、アイリは目の色を変えた。

「そう、そうなの！　全部ロイズさんのせい！　だって、そうすればエドがわたしを好きになって、くれるって、だから、わたし……」

「衛兵、地下牢まで連れていけ。それから、今窓から逃げようとしているロイズも捕まえておけ」

「くっ‼　離せ！！！　ろくに病気のことを話せない王よりも、王家の傍系の俺のほうが、よほど王にふさわしかっただろ⁉」

衛兵は、エドワード陛下の言葉にきびきびとアイリとロイズを掴むと引っ張っていく。

さっさと衛兵が出てこなかったのは……証言のために、泳がせてたの？

「どうして、なんでよ、エド!!　わたしは、ただエドが好きなだけなのに！　だから、誰にも触れてほしくなくてっ!!」

髪を乱しながら抵抗するアイリにエドワード陛下が首をかしげる。

「なぜ……？　わからないのか？　一国の王を陥れて、何もないわけがないだろう――ああ、それから。私はアイリを恋愛の対象としてみたことは、一度もない」

「……そんな、エド」

呆然とその名前を呼ぶアイリを見もせずに、エドワード陛下は続けた。

「早く、連れていけ」

衛兵が頷き、今度こそ、アイリとロイズを部屋の外へと連れて行った。


「……陛下」

アキルに目配せをすると、アキルは薄く微笑んで、応接室から出て行ってくれた。

「すまない。愉快な場面ではなかったな。痛むところはないか？」

「……いえ、アキルがかばってくれたので。それより、お伺いしても？」

「……あぁ」

私は、震える声で尋ねた。

「陛下に、子種がない、というのは……？」

「……あぁ。私には、子種がなかったんだ。幼い頃患った病のせいだろう、と言われていたが……まさか原因がアイリだったとはな」

　でも、それじゃあ……。

「だから……だから、私に一度も触れなかったのですか？」

「……あぁ。君に、どうしても言えなかった」

「なぜ、ですか。私は……」

　唇を噛む。

「この病を治さなければ、君に兄上以上の幸せを、与えられないと決めつけていた」

「私は、ダルク殿下ではなく、エドワード陛下。あなたのことが好きでした。子供が望めない体でも、あなたと一緒にいられたらそれでよかったのに。私は、二人で向き合いたかった」

「……そう、だな」

「――リュゼリア」

　まっすぐに、エドワード陛下は私を見つめる。

「すべての責任は、君を信じきれなかった私にある。私は、自分を守ることばかり考えて、君をたくさん傷つけた。とても不甲斐ない夫だったな……」

「……陛下」

「すまなかった」

　⁉　この人は、一国の王だ。簡単に頭を下げていい人じゃない。

「陛下、頭を……」

戸惑いながら、そういっても、エドワード陛下は頭を下げ続けた。

「私は今回の件が片付いたら……国王の座を退こうと思っている」

「！」

は、と息を呑む。

「国王という身分もなくなるし、君は私のことをもう、なんとも思っていないのも知っている。
だが……」

だが――、もし、赦されるなら。

エドワード陛下は続けた。

「君に、もう一度、恋をされる私になりたい。夫として、最低だった私だが、あがきたいんだ」

「エドワード陛下……私は――」

◇◇◇

「リュゼリア」

王城から出ると、アキルが待っていた。

「どう、でしたか？」

「はい。陛下と話ができました。アキル、本当にありがとうございます」

私が微笑んでアキルを見ると、アキルは、小瓶を差し出した。

「……これは？」

小瓶には、銀色の液体がつまっている。何らかの薬だろうけれど、なんの薬かしら。

「これは……失った恋心を取り戻す薬です」

「へぇ、そうなのですね」

私は微笑んで、その小瓶を突き返した。

「リュゼリア⁉」

ふふ、戸惑っているわね。

「はい。それでどのようなお話だったでしょうか？」

まるで、何事もなかったかのようにアキルを見つめる。

「リュゼリア、私があなたにしたお願い、は……」

そう。アキルに、薬の代金はいらないからとお願いされた。

「『私が一番幸せになれる選択』をしてください、でしたよね？」

「憶えているなら、どうして……」

どうして、ですって？

「だって、あんなに私を傷つけた人、知らないわ」

赦したいと思う。だけど、赦せるかはわからない、それが私の答えだった。

「まぁ、私にもう一度恋されるような男になるらしいですけど、知らないです」

はっきりと断っても、エドワード陛下は存外しつこかった。

でも、私は、何度もはっきりと断った。

だって……。

「それに、アキル。その薬、私が飲んでも、もう効果はないと思います」

「……え？」

アキルがぱちぱちと瞬きをした。

そんな気の抜けた表情が珍しくて、思わず微笑む。

「だって、私——もう、新しい恋をしちゃいましたから」

だから、一年後にもあの恋心は復活しない。

「え、え……。誰ですか、その幸運な男は⁉」

焦った様子のアキルに詰め寄られ、私は……。

「⁉」

アキルにキスをする。

初めてのキスは、とても、幸福な味がした。

「……え、は……リュゼリア……？」

呆然と、私を見つめたアキルに微笑む。

「はい。なんでしょう、アキル」

アキルは、信じられないものをみる顔で私を見ていたけれど、徐々に顔を赤くすると、勢いよく跪いた。

「リュゼリア、私と結婚してください」

「はい、もちろん。喜んで」

エドワード陛下に、やり直したいといわれたとき、真っ先に浮かんだのは、エドワード陛下じゃなくて、アキルの顔だった。

私のことを好きだ、なんていうくせに、私が一番幸せになる選択をしてほしい、とエドワード陛下に送り出そうとしたアキル。

そんな彼のことだから、私は、きっとまた恋をすることができた。

――アキルを見つめる。

アキルの青い青い、瞳はとても綺麗だった。

――私だけの青い星、それが何なのか、まだわからない。

だって、まだできていないこと、たくさんあるもの。

女子会だってできていないし、イーディスの料理教室だって開講してもらってない。

それから、それから、それから……。

青い星は、まだ見つかっていない。それでも、確かに言える。

私は、この人を愛してる、って。

「リュゼリア」

アキルに抱き寄せられる。

「あなたを心から愛しています」

「私もアキル、あなたを愛しています。心から」

——公爵邸に向かう馬車の中。

「リュゼリア」

小さく、その名を呼ばれ、アキルに微笑んだ。

「……はい、アキル」

「リュゼリア、私はあなたを妻にと望んでいます」

頷く。それは、もちろん知っている。

「先ほど、プロポーズを承諾してくれましたが……リュゼリアは、私の国——ルクトバージについて、どれほど知っていますか?」

ルクトバージについて知っていること……、私の国メグルスとそこまで交流が盛んなわけではないから、あまり多くはないけれど。

「そうですね……。大国で、様々な技術がこの大陸の中でも発展していること、くらいでしょうか」

あとは、アキルのように不思議な力が使える人たちも存在していたり、表舞台に出る王族が、国王と王妃だけだったり、ということくらいだ。

アキルは、私の言葉に頷くと、真剣な瞳をして私を見つめた。

「あなたには、見知らぬ土地となりますが……怖いとは思いませんか?」

生まれ育った国を出て、見知らぬ国へ行く。

心細さが、まったくないわけじゃないけど……。

「はい」

まっすぐにアキルを見つめ返す。

「もちろん、メグルスのことは、愛しています。けれど、それと同じくらい、アキルの生まれ育った国を知りたい、愛したいと思います」

これは、まぎれもない本心だった。

アキルが、どんな場所で生まれて、育って、そして私と出会ってくれたのか。

もっと、知りたいもの。

「リュゼリア……あなたは、本当に――」

「?　……はい」

どうしたんだろう。

「⁉」

アキルは、私の手にキスをした。

「時々見せる大胆なところも、顔を真っ赤にさせて照れている初心《うぶ》なところも、愛らしい。愛しています。ようやく見つけた、私の唯一」

「……私も愛しています。あなたを、心から」

微笑んで、見つめあう。

「これから……まずは王になるための試練など、困難なこともたくさんあるでしょう」

「そうですね」

アキルの言葉に頷く。

「ですが」

アキルは、ぎゅっと私を抱き寄せた。

「私が必ずあなたを守ります。だから——改めて。私の唯一として、共にルクトバージに来てください」

「もちろん」

生まれ育った国を出ていっても、その先に試練が待っているとしても。

隣にあなたがいるのなら、きっと乗り越えられる。

そう、信じられるから。

そんな眩いばかりの幸福を、手放すことのないように。

——愛しい人を抱きしめ返した。

番外編①

だからこそ得られるもの（エドワード視点）

——君に、もう一度、恋をされる私になりたい。

そう言った私の言葉に対するリュゼリアの返答は、

「エドワード陛下……私は他に好きな方がいるのです。だから……ごめんなさい」

……だった。

それでも、みっともないことを承知で何度も縋ったが、リュゼリアの返答は変わらなかった。

「……エドワード陛下。お気持ちには答えられませんが、あなたの幸せを願っております。心から」

リュゼリアが去っていく。

「リュゼリアっ……」

——彼女は、振り返らなかった。


ひとり取り残された私は、今までのことを思い返していた。

私は、亡きダルク兄上の代わりにリュゼリアの婚約者となった。

兄上以上の幸せをリュゼリアに与えたくて、ただそのために必死だった。

そんな私をリュゼリアは、いつも支えてくれていた。

歯車が狂ったのは、そう。——五年前。

私に子種がないとわかって、それが……それさえなければ。

「アイリが……アイリのせいで」

……アイリさえいなければ、幸せになれた？

自問自答する。

そうだろう。……いや違う。リュゼリアは言った。

『私は、二人で向き合いたかった』

アイリに魔法をかけられていたとしても、私がもっとリュゼリアのことを信じられていたら。

それに、死を望むほどリュゼリアを苦しめたのは——他ならぬ、私だ。

リュゼリアになんの相談もなく、別の女性を城へ賓客として迎え入れたのも。

彼女との会話や食事を拒んだのも。

リュゼリアよりもアイリを優先したのも。

すべて……私だった。

ハーブティーだって、ずっと飲まされ続けていたわけじゃない。

アイリを迎えてから、飲んだもの。

「……は、はは」

もっと……私がリュゼリアとそして、自分自身の弱さと向き合えていたら。

リュゼリアは、今も共にいてくれただろうか。

……そうだろうな。

リュゼリアの私への想いを疑ったことは、婚約者の頃から離婚するまで一度もなかった。

たとえ、白い結婚を二年続けていたとしても。会話に時間を割くことさえ無くなっても。

リュゼリアは、私が好きだと、愛していると信じられた。

それは、リュゼリアが私にわかりやすく伝えてくれていたから。

……けれど、私はどうだろうか。

リュゼリアにちゃんと好意を伝えていた？

リュゼリアから向けられる好意の心地よさだけ享受して、リュゼリアに伝えようとしなかった。

方法は、いくらでもあったのに。

愚かな私は、リュゼリアを失ってしまった。

『エドワード殿下』

幼いリュゼリアの声が聞こえた気がして、ふらふらと窓にかけよる。

窓からは、城の中庭が見えた。

「……リュゼリア」

幼い頃、共に何度も散策した中庭だ。

けれど、そこにあるのは、以前と違う花ばかり。

時は、過ぎる。

どれだけ、止まれ、と願っても。

だからこそ、リュゼリアは振り向かなかった。

それなのに、私だけがきっと、あの頃のまま。

「……情けないな」

——私たちは、夫婦になるのだから。

そう言って、繋いでいたはずの手は、私が離してしまった。

だから……リュゼリアのいない世界で、私は生きていかなくてはならない。

だが、どうやって生きたらいい？

私の道しるべは、いつだって、君だったから。君がいなければ、迷ってしまう。

「リュゼリア……」

私の手には、何も残らない。

王位も、親友も、リュゼリアも。

「もういっそ、こんな世なら……」

そう思って、腰に差した剣に手を伸ばした時だった。

「あなたの幸せを願っております。心から」

リュゼリアの声が聞こえた気がした。

いや、違う。去り際、確かにリュゼリアはそう言ったのだ。

リュゼリアは、私に、嘘をつかない。

……だから。

「……幸せに、なってやる」

何よりも、誰よりも。幸せになって、いい男になろう。

君が、いつか、後悔するほど。

窓から風が、花びらを運んでくる。

水色の花びらは、昔は中庭に植えられていなかった花のものだった。

——失ったものの代わりなんて、どこにもない。

掌《てのひら》に舞い落ちた花びらに微笑む。

それでも——失ったからこそ得られるものだってあるはずだ。

そう考えながら、雲一つない、穏やかな春の空気を吸い込んだ。

番外編②

知られることのないように

それは、私たちが想いを通じ合わせた、数日後のこと。

私はメグルスにある、アキルの家を訪ねていた。

「リュゼリア？」

前触れなしに訪れた私に、驚いた顔をしたアキル。

……ふふ、ドッキリ大成功ね！

心の中でにんまりと笑いながら、首を傾げる。

「ご迷惑でしたか？」

「いえ、あなたが迷惑なことなどありませんが……なにかありましたか？」

なにか、ね。……理由なら間違いなくあった。

「ほら、質問の時っていつもアキルが公爵邸を訪れていたでしょう？　だから、いきなり訪問して驚かせたかったのと……」

「の、と？」

言い淀《よど》んだ私にアキルがぱちぱちと瞬きをする。

うう、口に出すのは少し気恥ずかしいわね。

「あの、その……。私だってあなたに会いたかったんです！」

目を逸らして早口で言った言葉は、思った以上に勢いがあった。

これじゃ、私がとっても会いたかったみたいだわ!!　……そうなのだけれど。

照れながら、ちらり、とアキルを見ると、アキルは微笑んでいた。

「……そうなのですね。嬉しいです」

嬉しい、と言われて、ほっとした。でも、それだけじゃなくて、なんというかもっと……。

自分の中で浮かんだ気持ちに首を傾げる。

私ったら、どうしたのかしら。

「……リュゼリア？」

不思議そうな顔をしたアキルになんでもないと首を振り、家の中に入れてもらった。

アキルの家は相変わらず、私の興味を惹くものばかりだった。

たくさんのよくわからない文字が書かれた、石板。綺麗な図形が組み合わさってできた陣。そして、音を立てながら加熱されている、何かの液体。

その中でも、私が一番興味を惹かれたのは……。

「綺麗……」

小さな、小瓶に入った青い液体だった。

その青さは、まるでアキルの瞳のよう。

光の加減によって、その濃さが変わって見えるその液体がやけに気になった。

思わず、小瓶に触れ……。

「リュゼリア!!　その薬は――」

「え？　あっ……！」

小瓶に触れた、それだけ。

なのに、人差し指にその燃え盛るような熱を伝えると、ぱりんと音を立ててその小瓶は消え去った。

「アキル、ごめんなさ――」

「リュゼリア、怪我は⁉」

（危険な薬ではなかったはずだが、リュゼリアの白魚《しらうお》のような手に、傷がついたら――）

「……え？」

なにか、今アキルが話した以上に、アキルの言葉が頭の中に聞こえたような。

気のせいかしら。

「リュゼリア、大丈夫ですか⁉」

アキルに手を取られる。

「はい、大丈――」

（見たところ怪我はなさそうだ、良かった。本当に良かった。私の作った薬のせいでこれ以上ないほど愛しいリュゼリアになにかあったら――）

「……あの、アキル？」

「？　はい」

（あぁ、紫のどんな星よりも眩い瞳が私を見つめている。それがどれほど幸福な気持ちにさせるのか、きっとリュゼリアは知らないだろう）

「アキル、今なにか言いましたか？」

「いえ、特に何も……？」

（戸惑っているリュゼリアも可憐だ）

……じゃあ、先ほどから頭の中に聞こえるこの声は。

「アキル、勝手に小瓶に触ってしまってごめんなさい」

「いいえ、あなたに怪我がなくて良かったです」

「ところで、アキル。この、薬は……」

どきどきしながら、アキルの言葉を待つ。

「その薬の効果は……一分だけ願いを叶える薬、です」

「願いを、叶える……」

すごい効果だ。あれ、でも、さっき私の頭には、アキルの声が聞こえた。

「はい。薬の効果は、もう切れたようですが。リュゼリアの願いは、叶いましたか？」

アキルは、青い海のような瞳で私を見つめて、首を傾げた。

「ええと……」

私の願い、それって、アキルにあんな風に愛しいとか、なんとか、言われたかったってこと⁉

「リュゼリア？」

私は、頬が赤くなるのを感じながら、頷いた。

「そうですね……叶ったのかもしれません」

「どんな風に叶ったんです？」

尋ねるアキルに、話した以上に、アキルから言葉が聞こえたと伝える。

すると、アキルは、納得したように頷いた。

「リュゼリア」

「は、はい！」

気恥ずかしくて、思わず、勢いよく返事をしてしまいながら、アキルを見つめる。

「リュゼリアが聞いたのは、おそらく私の心の声です」

アキルの心の声。

「……ええ⁉」

じゃあ、愛しいとか、どんな星よりも眩い瞳とか、全部アキルが思ってたってことよね⁉

それは、なんというか……嬉しいけどかなり恥ずかしい。

「でも、リュゼリアが私の心を知りたいと思うなんて。不安にさせてしまいましたか？」

アキルに心配そうに尋ねられ、首を振る。

「いえ、アキルの気持ちを疑っているわけでは……あ」

そもそも、想いを通じ合わせたばかりだし、と考えて、思い当たった。

「どうしました？」

「アキル、私がこの家に来たことがあんまり嬉しそうじゃなかったから……それで、気になったのかも」

そうだ。

さっきのもやもやの原因がわかった。

もっと、喜んで欲しかったのよね。

いえ、突然訪ねておいて、喜んでくれ！　っていうのは、いくら気持ちを通じ合わせたばかりとはいえ、少し無理があるのはわかっているけれど。

「そうだったのですね……」

　アキルは微笑むと、私の手を握った。

「リュゼリア、不安にさせてしまって、申し訳ありません。リュゼリアが、訪ねてくれて、とても嬉しかった。うまく表現できなくて、伝わってなかったようですが」

「アキル……」

「というわけで、今日は、私の愛をリュゼリアに伝える日にしましょうか」

　……え⁉

　気恥ずかしさで、一歩下がった私との距離を詰めて、アキルはにっこり微笑む。

「あなたのことを私がどれだけ好きなのか、しっかり覚えて帰ってくださいね」

　……その後、しっかり覚えさせられた私は、真っ赤になりながら、公爵邸へと帰ったのだった。

◇◇◇

　リュゼリアを見送り、息を吐く。

　……リュゼリアを不安にさせてしまったのは、良くなかったが。

「薬の効果が弱くて、助かった」

願いを一分だけ叶える、だから、心を読むことに特化した薬よりは効果が弱い。

先ほど、リュゼリアには、私の愛を伝えた。

けれど、その言葉は、ありのままのものよりは、言葉を選んでいる。

リュゼリアが、私に会いたくて、訪ねて来てくれたといったとき。

あまりの嬉しさと、可愛らしさに、閉じ込めてしまいたくなった。

この可憐さを誰にも知られないように。

「そんなのは、だめだ」

だから……自分の中に初めて浮かんだ、仄《ほの》暗《ぐら》い感情を、リュゼリアに知られなくて……本当に、よかった。

「……心を読む薬は、廃棄しておくか」

私は薬瓶に、使用不可になる効果を付与したラベルを貼って、箱に入れ、鍵をかけた。

この気持ちを彼女に一生知られることのないように、願いながら。

本書に対するご意見、ご感想をお寄せください。

あて先

〒162-8540 東京都新宿区東五軒町3-28
双葉社　Mノベルスｆ編集部
「夕立悠理先生」係／「氷堂れん先生」係
もしくは monster@futabasha.co.jp まで

恋心《こいごころ》に苦《くる》しむ王妃《おうひ》は、異国《いこく》の薬師《くすし》王太子《おうたいし》に求愛《きゅうあい》される

2024年1月10日　第1刷発行

著　者　夕立《ゆうだち》　悠理《ゆうり》

発行者　島野浩二

発行所　株式会社双葉社

〒162-8540　東京都新宿区東五軒町3番28号

［電話］03-5261-4818（営業）　03-5261-4851（編集）

http://www.futabasha.co.jp/（双葉社の書籍・コミック・ムックが買えます）

印刷・製本所　三晃印刷株式会社

［電話］03-5261-4822（製作部）

ISBN 978-4-575-24708-4 C0093